VIKINGR

LES VIKINGS DU STARLIGHT TOME 1

SKYE MACKINNON

Traduction par

MANON ROUX-CAUKWELL , VALENTIN
TRANSLATION

Peryton Press

© **2024 Skye MacKinnon**

ISBN 978-1-917585-09-5

Titre original: Vikingr (Starlight Vikings 1)

Traduction par Manon Roux-Caukwell, Valentin Translation

Ce livre est une œuvre de fiction. Tous les noms, les personnages, les lieux et les incidents décrits sont le produit de l'imagination de l'auteur. Toute ressemblance avec des personnes existantes ou ayant existé, des choses, des lieux ou des événements réels, ne serait qu'une coïncidence.

Couverture par The Book Brander.

perytonpress.com

skyemackinnon.com

TABLE DES MATIÈRES

AVANT DE COMMENCER

À Mairibeth, qui m'a évité de devenir aussi incontrôlable qu'un berserkr.

LEXIQUE

Albya – planète des Albyens. Lisez la série *Les Highlanders du Starlight* pour en savoir plus sur ces aliens en kilt

Brullaup – mariage

Clic – minute (30 minutes terriennes correspondent à 20 clics intergalactiques)

Fýst – désir incontrôlable entre deux âmes sœurs

Goði – guide spirituel des Vikingar ; fonction non héréditaire désignée par les dieux

Hamingja – esprit protecteur qui détermine la chance et le bonheur d'un individu

Autorité intergalactique (AIG) – police/ législateurs intergalactiques

UIG – Université intergalactique

Jörð – planète d'origine des Vikingar

Kvenn / kvenna – compagne qui n'est pas une âme sœur

Quantnet – Internet intergalactique

Rotation – une année

Skitr – putain (juron)
Valkyr – vaisseau spatial commandé par Njal le Sanguinaire
Vitskertr – abruti, crétin

PROLOGUE

ᚢᛁᚲᛁᚲᚼ

Deux ans plus tôt

Njal le Sanguinaire

C'était une journée comme les autres : nous avions pillé un vaisseau spatial, saccagé sa soute et ligoté l'équipage. Il ne restait plus alors qu'à attendre le paiement de leur rançon. C'était un groupe de Kletoriens, une espèce faible qui préférait le commerce à la guerre. Ils avaient été idiots de ne pas engager une armée de mercenaires pour les protéger dans cette partie de la galaxie. Tout le monde savait que c'était notre territoire. L'équipage du *Valkyr* était craint et admiré, et j'étais fier d'être leur capitaine.

J'étais en train de trier une grande caisse quand je l'ai sentie. Une douleur aiguë, quelque part entre mon cœur et mon estomac, si intense qu'elle m'a coupé le souffle. Je me suis agrippé à ma poitrine et les larmes ont jailli de mes yeux. Des halètements et des pleurs similaires ont résonné dans la grande soute. Mon équipage ressentait la même douleur. Ce qui m'inquiétait plus que ma propre santé. Les Kletoriens avaient-ils lancé une arme biologique ? Eux n'étaient pas affectés. Mais leurs regards curieux et surpris m'indiquaient qu'ils n'étaient pas responsables. L'espoir fleurissait sur leurs visages orangés. Si cette douleur mystérieuse nous paralysait, ça signifiait qu'ils avaient peut-être une chance de s'échapper.

Luttant contre cette douleur atroce, je me suis relevé. Ma poitrine semblait au bord de l'explosion. Je n'avais jamais rien ressenti de tel. À ma droite, Rune était blême, ses traits de visage déformés. C'était un berserkr, entraîné à ignorer la douleur et les blessures. S'il souffrait autant que nous, c'était mauvais signe.

Balayant la soute des yeux, voyant que mon équipage était à l'agonie, je ne savais pas quoi faire. J'avais connu des guerres, affronté des pirates et l'Autorité intergalactique, pourtant j'étais démuni face à cette situation.

— Klav, lance une analyse, ai-je grogné en serrant les dents.

Nous n'avions pas de médecin à bord du *Valkyr*, mais Klav était ce qui s'en rapprochait le plus. Il avait déjà sorti son scanner médical et l'avait orienté vers moi. J'étais sur le point de lui dire de se scanner lui-même ou de scanner un membre de l'équipage, quand une autre vague de douleur m'a submergé. Mes genoux se sont dérobés. J'ai cherché à me raccrocher à quelque chose, mais c'était trop tard. Je me suis effondré par terre, sur le métal froid. Les ténèbres vacillaient aux abords de ma conscience. Il ne fallait pas que je perde connaissance. J'étais le capitaine ; je devais les protéger. Montrer l'exemple. Il n'était pas question d'abandonner.

Un des Kletoriens a éclaté de rire. Si j'en avais eu la force, j'aurais brandi ma hache laser et je lui aurais fracassé le crâne, mais toute mon énergie était mobilisée pour me permettre de rester conscient.

— Tout va bien, a grommelé Klav d'une voix rauque, empreinte d'incompréhension et de surprise. Le scanner médical ne décèle rien d'anormal chez toi.

— Essaie sur toi-même, lui ai-je ordonné.

Je l'ai regardé tourner l'appareil vers sa poitrine, son abdomen, et ses yeux se sont agrandis.

— Rien. Pas un...

Il a hurlé de douleur, ses yeux se sont brutalement fermés, son visage reflétait une souffrance abominable. Tout autour de moi, mon équipage gémissait et sanglotait ; des sons que je ne les avais jamais entendus émettre auparavant. Nous étions des Vikingar. Sangloter n'était pas dans notre nature.

Mes joues étaient trempées de larmes. Des larmes de douleur. Ce n'était arrivé qu'une seule fois auparavant, lorsqu'un pirate kardarien m'avait infligé la cicatrice dans mon dos. Une blessure si profonde que c'était un miracle que ma colonne vertébrale n'ait pas été sectionnée. J'avais gardé la cicatrice pour me souvenir de ne jamais hésiter. J'avais essayé de me montrer clément envers lui, et il m'avait littéralement poignardé dans le dos. Plus jamais. Je n'avais confiance qu'en mon équipage. Je n'avais jamais été aussi proche de qui que ce soit, pas même de ma famille. Rester impuissant face à leur souffrance était plus atroce que la douleur insoutenable qui me déchirait de l'intérieur.

Mon pendentif a vibré contre ma poitrine. J'avais désactivé toutes les notifications en préparation du raid. Seul un message d'urgence envoyé par le Haut commandement vikingr pouvait contourner les réglages.

Un frisson glacé m'a parcouru l'échine. Ce n'était pas une coïncidence. Le fait qu'ils diffusent un enregistrement d'urgence à ce moment précis, alors que nous étions paralysés, ça signifiait que nous n'étions pas les seuls. C'était plus vaste.

J'ai serré le pendentif entre mes doigts, lui permettant ainsi de lire mes données biologiques pour déverrouiller le message. Un hologramme est apparu devant moi. Quand j'ai reconnu l'homme, un frisson m'a parcouru le dos. Le goði, guide spirituel de notre planète. Son visage était maculé de sang. Il avait une profonde entaille en travers du front, mais il ne semblait pas se soucier du sang qui ruisselait.

— perdu... attaque... tard...

Son message confus était difficile à déchiffrer. J'ai frotté le pendentif comme si ça pouvait améliorer la qualité de la retransmission.

En regardant derrière lui, le goði a vu quelque chose qui l'a incité à se retourner à nouveau, et sur son visage ensanglanté s'est reflété une gravité empreinte d'urgence. J'avais beau savoir qu'il s'agissait d'un enregistrement qui avait mis du temps à parvenir jusqu'à nous, nous qui étions si loin de notre planète natale, on aurait cru qu'il soutenait mon regard.

— Je suis désolé. Si vous pouvez... aucune aide... vous...

Une autre vague de douleur menaçait de me submerger. Des tambours me martelaient la tête, les oreilles, noyant les mots du goði. Mais instinctivement, je comprenais ce qu'il disait. Je l'avais ressenti au fond de mon cœur dès que la douleur avait commencé.

Je ne voulais tout simplement pas y croire. Je ne pouvais pas y croire.

— Qu'est-ce qui se passe ? s'est écrié Errik à l'autre bout de la soute, sa voix suggérant qu'il tenait à peine le coup.

L'hologramme a vacillé, avant de devenir plus tangible qu'auparavant. Le goði m'a regardé, le visage ruisselant de sang.

— Jörð est perdue. Ils sont tous morts. Vous êtes la seule chance de survie pour notre peuple.

Il s'est retourné encore une fois, a poussé un cri d'horreur, puis l'hologramme s'est volatilisé. J'ai gardé les yeux rivés vers le sol, là où il était apparu, espérant en vain que l'enregistrement continue. Que ce ne soit pas la fin.

Je n'arrivais pas y croire. C'était impossible. Notre planète, notre maison...

Mais je le sentais. Je le savais. La douleur en était la preuve. Je ne savais pas pourquoi c'était si douloureux ni comment c'était possible, mais c'était la souffrance d'un milliard d'êtres hurlant au moment de mourir.

Jörð était perdue.

Avec le temps, j'allais découvrir comment c'était arrivé. Découvrir qui était responsable et me venger.

Mais dans l'immédiat, tout ce que je pouvais faire, c'était pleurer. Ma famille. Mes amis. Notre maison.

1

∩IᚲIᚷᚪ

Steff

L'agence était plus bondée que d'habitude. Trois femmes attendaient dans le hall d'entrée pour qu'on les ajoute à notre base de données. Le dernier spot publicitaire mettant en scène deux Albyens en kilts – et torse nu, évidemment – avait fait un tabac. Il y avait presque trop de femmes sur notre liste désormais. Les Albyens avaient du mal à suivre.

Pam, ma patronne et propriétaire de l'agence de rencontres Hot Tatties, était au comble du bonheur. Elle avait embauché deux assistantes supplémentaires au cours des derniers mois, ce qui signifiait que nos locaux devenaient trop petits. Nous étions à l'étroit dans notre agence de Glasgow, c'est pourquoi Pam envisageait maintenant d'en ouvrir d'autres à Édimbourg et Aberdeen. À terme, je savais qu'elle voulait s'étendre en Angleterre, mais les Albyens préféraient les Écossaises et c'était eux qui constituaient notre source principale de mecs.

Curieusement, assez peu d'hommes humains s'inscrivaient chez nous. Ils semblaient se contenter des rencontres à l'ancienne, contrairement aux femmes qui désiraient trouver le partenaire idéal, même si ça impliquait de s'éloigner pour la trouver. Bien sûr, nous attendions qu'elles soient à bord du vaisseau spatial pour leur annoncer qu'on les envoyait sur une autre planète.

Jusqu'à présent, seules quelques-unes avaient choisi de repartir sur Terre. Et l'une d'elles était revenue me voir deux semaines plus tard pour me dire qu'elle regrettait sa décision de quitter Albya.

Albya, la planète des highlanders extraterrestres. Je n'y étais allée qu'une seule fois, mais ça avait été l'expérience la plus incroyable de ma vie. Jenny, la première femme à qui nous avions trouvé un partenaire extraterrestre, m'avait fait visiter et découvrir son nouveau foyer. Elle était si heureuse avec son compagnon, sa villa somptueuse et son bébé. C'était fou de penser que tout avait commencé seulement trois ans auparavant. Et ce qui était encore plus fou, c'est que je communiquais avec des extraterrestres tous les jours, pendant que le reste de l'humanité pensait encore que nous étions seuls dans l'univers.

Pourtant, aucun d'entre eux ne m'était destiné. Deux ans plus tôt, j'avais secrètement rentré mes coordonnées dans notre base de données, au cas où un Albyen canon m'attendrait. Mais on ne m'avait trouvé aucun compagnon compatible. À ce jour, j'étais sûre que Pam le savait, mais elle n'en avait jamais parlé. Et moi non plus.

Techniquement, j'étais heureuse d'être célibataire. J'étais libre et je pouvais faire ce que je voulais. Personne ne laissait la lunette des toilettes relevée. Je pouvais sortir et me trouver un rencard quand ça me chantait, sans engagement, sans me poser de questions. J'avais des besoins, comme toutes les femmes. Mais après avoir découvert que les âmes sœurs existaient, je n'envisageais pas de tomber amoureuse de quelqu'un qui n'était pas la mienne. À deux reprises, je m'étais rapprochée d'hommes qui semblaient avoir du potentiel. À deux reprises, je leur avais demandé de passer le test en invoquant des excuses douteuses, sans succès.

Mais mon horloge biologique tournait. J'allais avoir trente-trois ans le mois d'après et si je voulais une famille, il fallait que je m'y mette bientôt, que ce soit avec un extraterrestre ou un humain.

Mon téléphone spécial sonna, interrompant le cours de mes pensées. Un sursaut d'excitation me poussa à me redresser. Même après trois ans, recevoir des appels de l'espace n'avait rien perdu de sa fraîcheur.

— Agence de rencontres Hot Tatties, Steff à votre service, comment puis-je vous aider ?

Un grésillement fut la seule réponse que j'obtins. Rien d'inhabituel. Les Albyens nous avaient fourni une technologie extraterrestre de pointe, mais la technologie terrestre interférait fréquemment avec elle. Nous avions compris que nous ne pouvions pas avoir de micro-ondes à moins de quinze mètres des téléphones spéciaux. Et chaque fois qu'un satellite fabriqué par l'homme passait près d'un des satellites extraterrestres secrets, il y avait des effets imprévisibles, comme par exemple le téléphone qui se mettait à sonner alors que personne ne nous appelait. Je m'étais habituée à toutes les excentricités que ça engendrait de travailler avec des extraterrestres. Ça faisait partie de la fiche de poste.

— Allô, vous m'entendez ? demandai-je d'une voix forte, en articulant chaque syllabe.

Les téléphones spéciaux avaient une fonction de traduction

intégrée, mais ils avaient parfois du mal à comprendre mon accent de Glasvégienne.

— C'est l'agence de rencontres péritenne ? demanda une voix rocailleuse, qui semblait très lointaine.

Pour une raison étrange, la Terre était connue sous le nom de Péritus et les humains sous celui de Péritens. Il m'avait fallu un certain temps pour m'habituer à ce jargon mais désormais, il m'arrivait parfois de parler de Péritens à des gens qui ignoraient totalement l'existence des extraterrestres.

— Oui, c'est bien ça. Qu'est-ce que je peux faire pour vous ?

— Est-ce qu'on est compatibles ?

Je n'arrivais pas vraiment à savoir si la voix était celle d'un homme ou d'une femme. Peut-être ni l'un ni l'autre. À ce stade, j'avais appris qu'il y avait plus de genres chez certaines espèces extraterrestres que chez nous, voire aucun parfois.

— Ah, on nous pose cette question tout le temps. Pour savoir si votre espèce est compatible avec les Péritens, il nous faut un échantillon d'ADN. Vous pouvez le déposer à la station UIG la plus proche. Ce sont eux qui font l'analyse pour nous.

Mon interlocuteur raccrocha sans ajouter un seul mot. Quelle impolitesse. J'espérais qu'ils se révèlent incompatibles avec les humains. Un minimum de courtoisie était une norme universelle, voire intergalactique.

Que l'Université intergalactique s'en occupe. Ils avaient tout un département dédié aux études sur les humains, ce qui me rendait encore un peu mal à l'aise. Je ne voulais pas savoir par quels moyens ils avaient obtenu toutes leurs données. Peut-être que les enlèvements par des extraterrestres n'étaient pas que de la fiction.

On nous avait dit que la Terre bénéficiait désormais d'une protection spéciale, et que les seuls extraterrestres autorisés à atterrir travaillaient pour l'UIG ou étaient des clients de notre agence de rencontres. Mon travail chez Hot Tatties n'en était que plus stimulant. Nous étions des sortes de gardiennes, chargées de faire le tri entre les extraterrestres bizarres et ceux qui souhaitaient réellement trouver l'âme sœur.

Un coup d'œil rapide à l'énorme horloge au-dessus de mon bureau m'informa que c'était l'heure du prochain rendez-vous. L'une des trois dames qui attendaient dehors allait bientôt rejoindre la famille Hot Tatties.

J'adorais vivre dans un village à l'extérieur de Glasgow, où l'agence de Hot Tatties était basée, mais je détestais les trajets quotidiens. Quand je descendis du train d'un pas mal assuré, tout ce que je voulais, c'était mon canapé, une tasse de thé et une émission débile à la télé. Le quai était désert ; j'étais la seule passagère qui descendait ici. Mon cottage se trouvait à cinq minutes de marche. J'avais l'intention d'acheter un vélo un jour pour rentrer plus vite chez moi.

En bâillant, je commençai à marcher, en maudissant la mairie qui n'avait toujours pas réparé certains réverbères. Dans les espaces entre les maisons, il faisait si sombre que je sortis mon téléphone pour éclairer le trottoir devant moi. Mme Gregory avait un chien incontinent et je ne voulais pas marcher dans l'un de ses « accidents ». Mme Gregory, qui était aussi étourdie qu'adorable, ne nettoyait qu'à moitié les besoins de son chien. J'aurais pu marcher sur la route, ce n'était pas comme s'il y avait de la circulation, mais chaque fois que je m'écartais du trottoir, j'entendais la voix réprobatrice de ma mère. Elle avait parfaitement réussi à me faire adopter des comportements prudents et ennuyeux. Je ne traversais presque jamais au feu rouge, même si tout le monde autour de moi le faisait. Ma mère était morte quand j'avais dix ans, alors peut-être que c'était pour ça. Suivre ses règles me rapprochait d'elle, même vingt ans après sa mort.

Je tournai au coin de la rue et fis la grimace en constatant que le dernier rescapé des réverbères de Laggard Road était éteint. C'était bien ma veine. Mon téléphone n'éclairait qu'une petite portion des pavés devant moi, juste assez pour me permettre d'esquiver les crottes de chien. Au moins, mon village était aussi sûr qu'on pouvait l'espérer. Je ne m'étais jamais sentie en danger en rentrant chez moi la nuit. La plupart des habitants étaient des retraités, terriblement curieux mais gentils comme tout. Ils trouvaient ça très amusant que je travaille pour une agence de rencontres tout en restant moi-même célibataire. Anna McGrath, qui habitait à deux maisons de la mienne, avait essayé de me brancher avec son neveu par alliance – ou était-ce l'inverse ? – mais j'avais poliment refusé. Bien sûr, je ne pouvais pas lui dire que j'attendais mon âme sœur et que je n'étais même pas sûre qu'il soit humain.

Plus que deux minutes avant de rentrer chez moi. Je sentais déjà presque l'odeur de mon thé vert préféré.

Quelque chose craqua derrière moi. Je fis volte-face, croyant apercevoir un homme dans l'obscurité, mais c'est alors qu'une chose pointue me percuta le cou. Je levai la main vers le point douloureux, mais mes bras se ramollirent, mes jambes se dérobèrent, et tout devint plus sombre que la nuit.

2

ᚾᛁᚲᛁᚲᛆ

Njal

Nous avions enfreint au moins une douzaine de lois intergalactiques et je n'en avais rien à faire. Avec un peu de chance, personne ne le saurait jamais. Et même si c'était le cas... Nous étions tous d'accord pour dire que le risque en valait la chandelle. Nous n'avions rien à perdre. Que pourrait bien nous faire l'Autorité intergalactique si elle apprenait que nous étions entrés dans une zone interdite ? Aucune sanction ne pouvait rivaliser avec ce que nous avions déjà enduré trois rotations auparavant. Je me frottai la poitrine à ce souvenir. La douleur avait disparu, mais le chagrin persistait.

Nous l'emmenions avec nous partout où nous allions, même dans ce système solaire lointain que peu avaient exploré. Une petite lune tournait autour de la planète bleue et verte. Pittoresque, mais j'avais vu plus joli. Sur nos scanners apparaissaient quelques milliers de satellites, dont la plupart étaient primitifs et incapables de nous détecter. Quelques satellites de l'UIG et de l'Autorité intergalactique orbitaient autour de Péritus, mais ils ne représentaient aucune menace pour nous. Nous avions contourné des systèmes de sécurité bien plus sophistiqués par le passé. Grâce à notre technologie de camouflage modernisée, nos armes et scanners perfectionnés, rien ne pouvait nous empêcher d'atterrir sur la planète sans nous faire repérer.

Le *Valkyr* n'avait plus rien à voir avec le vaisseau qu'il avait été quelques rotations plus tôt. Il s'avère que lorsque toute notre planète meurt, le patrimoine de chaque individu est réparti entre les survivants. Du jour au lendemain, nous étions devenus multimillionnaires. J'avais toujours envie de rire aux éclats chaque fois que je voyais mon compte bancaire ; puis je regrettais de ne pas pouvoir tout rendre. J'aurais rendu jusqu'au dernier crédit pour pouvoir dire au revoir. Mais la vie ne fonctionnait pas ainsi.

Nous avions amélioré le *Valkyr*, qui était devenu l'un des vaisseaux les plus avancés de la galaxie tout en conservant son apparence grossière. Nous ne voulions pas devenir la cible des pirates. Techniquement, nous n'avions aucune raison de piller, mais nous étions des Vikingar. C'était dans notre nature. Alors nous avions continué à mener la même vie qu'auparavant. Comme si rien ne s'était passé. Comme si nous avions encore un chez-nous qui nous attendait quelque part. Pourtant, chaque fois que je regardais mon équipage, les mots du goði résonnaient dans mon esprit.

Ils sont tous morts. Vous êtes la seule chance de survie pour notre peuple.

Seuls quatre vaisseaux vikingar avaient été suffisamment éloignés de Jörð pour survivre au carnage. Depuis lors, quelques centaines de Vikingar vivaient ou faisaient halte dans des stations spatiales et d'autres planètes. En tout et pour tout, moins d'un millier de nos semblables avaient survécu, disséminés aux quatre coins de la galaxie. L'un des capitaines était devenu fou de chagrin et avait tenté de tuer son équipage. Ils l'avaient maîtrisé, mais il y avait eu des pertes.

Quel gâchis.

En temps normal, des centaines de vaisseaux auraient dû avoir quitté la planète. Si ça s'était produit quelques jours intergalactiques plus tard, des centaines de milliers de personnes auraient survécu. Mais presque tous les Vikingar s'étaient rassemblés pour le þing, un rassemblement auquel j'aurais dû assister. Si j'avais suivi les ordres, si je n'avais pas fait un détour pour capturer ce vaisseau marchand, nous aurions fait partie des morts. Certains jours, je regrettais que ça ne soit pas le cas.

Mais aujourd'hui, nous avions une nouvelle mission. Après trois rotations de chagrin, de violence et de plaisirs charnels pour oublier nos malheurs, nous avions un but. Je ne m'étais pas rendu compte à quel point nous avions besoin d'un objectif commun. Si j'avais été un meilleur capitaine, je l'aurais compris plus tôt. J'aurais mieux géré l'équipage. J'aurais compris de quoi ils avaient besoin pour surmonter leur douleur. Mais j'étais alors plongé dans le même trou noir qu'eux. J'avais dû me forcer à sortir du lit chaque matin alors que tout ce que je voulais, c'était rester dans ma cabine, caché sous les couvertures comme un enfant.

Les trois dernières rotations m'avaient beaucoup appris sur moi-même. Rien de réjouissant. Moi qui pensais être fort, j'avais pris conscience que j'étais aussi faible que n'importe qui d'autre. Si j'avais réussi à mener mon équipage avec autant d'efficacité, c'était uniquement parce que je leur avais donné ce qu'ils voulaient. Des raids, des richesses, l'occasion de fracasser des visages et de se défouler. Je n'avais que quelques règles : pas de meurtre, pas de viol, pas de sang versé à bord du *Valkyr*. Et ça avait fonctionné pendant les dix rotations qu'avait duré mon commandement. Jusqu'à ce jour fatidique où tout s'était effondré.

Il leur fallait quelqu'un de fort, mais j'étais tout aussi brisé que mes guerriers.

Néanmoins, les choses étaient sur le point de changer. Nous avions de nouveau un but. Piller des vaisseaux ne nous procurait plus aucune satisfaction. Nous avions cherché des moyens de nous venger, mais comment faire quand votre planète a été détruite par une catastrophe naturelle et non par des envahisseurs ? Au début, je n'avais pas cru les scientifiques de l'UIG quand ils avaient dit que personne n'était responsable. Ma planète avait été réduite en cendres. Bien sûr que quelqu'un était responsable. Ils ne m'avaient pas écouté quand je leur avais dit que le goði avait mentionné une attaque. Il s'était excusé. Chose qu'aucun Vikingr ne ferait sans une raison valable. Mais l'Université intergalactique avait balayé tout ça. Aussi, nous nous étions retrouvés dans l'incapacité de tuer les responsables pour ce qu'ils avaient fait à notre maison.

— Njal, on est prêts.

Je foudroyai Rune du regard pour avoir interrompu mes pensées, alors il appuya son poing contre sa poitrine en signe de respect. Le berserkr était notre pilote provisoire pendant qu'Arne était en permission sur Riva Quatre, pour rendre visite à un parent éloigné qui avait survécu à la catastrophe. Incapable de réaliser des manœuvres sophistiquées, ce n'était pas le meilleur des pilotes, mais il était assez compétent pour nous amener de ᛖ à ᚾ.

Je me tournai vers Torsten.

— Est-ce qu'on a déjà accès aux systèmes de communication de la planète ?

— Oui. Le moins qu'on puisse dire, c'est qu'ils sont primitifs, mais j'ai piraté tous les systèmes qui semblaient intéressants. J'ai demandé au *Valkyr* de rechercher des femelles compatibles.

C'était pour cette raison que nous étions venus dans cette partie oubliée de la galaxie. Les femelles.

Notre espèce était en voie de disparition. La seule façon d'honorer notre peuple, notre planète disparue, c'était de survivre. Et pour ça, nous avions besoin de femelles.

Mon équipage était presque entièrement constitué de mâles. Pas parce que ça me posait problème que les femmes combattent aux côtés des hommes, mais parce que j'avais grandi avec la plupart de mes guerriers. Nous formions une équipe depuis notre rencontre à la crèche du camp militaire. Un camp militaire exclusivement masculin. Quelques nouveaux membres étaient venus se greffer à notre équipage au fil des rotations, mais seulement deux d'entre eux étaient des femmes. L'une était l'épouse de Bjorn, bien qu'ils n'aient pas encore réussi à concevoir, et l'autre avait passé l'âge de procréer. Certains autres hommes avaient eu des kvenna – des femmes qui n'étaient pas leur âme sœur, mais qu'ils aimaient néanmoins – à l'instar d'Errik, qui avait prévu de prendre du temps pour fonder une famille avant que l'impensable se produise. Ils étaient tous veufs à présent.

Après toute la souffrance de ces dernières rotations, nous avions besoin d'une perspective réjouissante. J'espérais que la possibilité de trouver des femelles fertiles nous aiderait à guérir.

Une demi-rotation plus tôt, j'avais secrètement contacté le Département vikingr de l'Université intergalactique. Je savais qu'il existait certaines espèces avec lesquelles nous étions compatibles – les Vikingar avaient exploré la galaxie pendant des centaines de générations et s'étaient parfois installés sur des planètes lointaines avec leurs compagnons et kvenna indigènes – mais j'ignorais lesquelles. Il nous fallait trouver des femmes avec lesquelles nous pouvions baiser, mais aussi nous reproduire. Pour assurer la survie de la race vikingr, nous devions procréer.

L'UIG avait effectué des tests, puis m'avait donné une liste d'espèces. Je les avais passées en revue une à une, pour découvrir que presque chaque espèce posait problème. Certaines présentaient trop peu de chances de succès. D'autres étaient trop dociles, trop pacifiques pour engendrer des guerriers. D'autres encore étaient toujours en proie à des conflits, et je refusais de risquer de perdre une autre planète.

Au bout du compte, une seule espèce demeurait, bien que les scientifiques de l'UIG l'aient déjà rayée de la liste. Je n'avais pas tardé à découvrir pourquoi. Péritus, la planète des Péritens, avait été placée sous protection intergalactique. Ils avaient été jugés trop précieux et trop vulnérables pour qu'on les laisse à la merci des charognards, des pirates et des savants fous.

J'avais supplié l'UIG de nous accorder une autorisation exceptionnelle. Ils l'avaient fait pour les Albyens, une autre espèce extraterrestre. Qu'avaient donné ces salauds en kilt à l'UIG en échange ? J'avais promis tout ce que nous avions. Tout notre argent. De parrainer un département entier sur un campus de l'UIG de leur choix. Malgré tout, leur réponse était restée la même.

Mais nous étions des Vikingar. Nous prenions ce que nous voulions. C'est pourquoi nous étions à présent en orbite autour de Péritus, prêts à kidnapper quelques femelles. Selon l'UIG, les Péritens étaient des vikingoïdes, dotés d'une constitution physique similaire à la nôtre. C'était une espèce belliqueuse qui se livrait constamment la guerre entre eux. La paix durait rarement plus de quelques décennies. Exactement ce que je cherchais. Leurs femelles seraient suffisamment endurcies pour s'accommoder de Vikingar assoiffés de combat. Et assez robustes pour porter nos enfants.

— Il faudra combien de temps au système pour qu'il nous trouve des femelles compatibles ? demandai-je à Torsten.

— Difficile à dire. Ça pourrait prendre quelques clics ou plusieurs jours.

— On n'a pas plusieurs jours devant nous, rétorquai-je. La technologie de camouflage du *Valkyr* ne nous dissimulera qu'un certain temps. Ce n'est qu'une question de temps avant qu'on se fasse repérer.

— Je travaille aussi vite que possible, répondit calmement le mâle. Si tu es trop impatient, tu peux toujours enlever une femelle au hasard et voir où ça mène.

— Tu sais quoi ? C'est peut-être ce que je vais faire. Je doute que la première femelle que j'enlèverai sera mon âme sœur, mais ce sera un coup d'essai pour découvrir comment elles se comportent et si elles sont vraiment adéquates pour se reproduire avec un Vikingr.

Rune ricana, même si ce son ne semblait pas très joyeux. Au cours de la dernière rotation, nous avions recommencé à rire, mais toujours d'un rire creux, dénué de la joie d'autrefois.

— Tu penses avec ta queue, dit le berserkr avec un sourire que j'aurais adoré effacer de son visage.

Si seulement je n'avais pas été si heureux de voir enfin le mâle sourire à nouveau.

Je répondis par un geste vulgaire indigne d'un capitaine, et laissai le centre de commandement entre leurs mains relativement compétentes. J'allais trouver une Péritenne pour m'entraîner afin d'être mieux préparé à ma rencontre avec mon âme sœur. J'étais sûr qu'elle apprécierait si je n'étais pas un parfait novice en matière d'interactions avec son espèce.

Oui, c'était un bon plan.

3

ᚾᛁᚱᛁᚠᛁ

Steff

Je me réveillai avec un affreux mal de crâne. Je me frottai les tempes, en espérant que ce ne soit pas le début d'une nouvelle migraine. Il faisait sombre autour de moi, nuit noire. Les piles de ma veilleuse étaient-elles à plat ? Je détestais dormir dans le noir, alors j'avais toujours une petite lampe en forme de chat sur ma table de chevet. Parfois, j'oubliais de l'éteindre le matin, alors les piles se déchargeaient régulièrement, mais ma chambre n'était en général pas aussi sombre que ça. Comme si quelqu'un avait aspiré toute la lumière.

Je tendis la main vers mon téléphone, mais il n'était pas à sa place habituelle. Mes draps aussi me semblaient différents. Puis je me redressai d'un coup quand la mémoire me revint.

On m'avait kidnappée.

Merde.

Étais-je censée faire du bruit au cas où un bon samaritain passerait par là, ou rester silencieuse pour ne pas contrarier mes ravisseurs ?

— Y a quelqu'un ? murmurai-je, un compromis entre les deux options. Est-ce que quelqu'un m'entend ?

Mes paroles ne furent accueillies que par un silence de plomb. J'étais seule.

Ne voyant rien, je palpai mon corps. Dieu merci, je portais toujours ma combinaison en lin, mais mon manteau et mon sac à main avaient disparu. La combinaison n'avait pas de poches, ce qui signifiait que mon téléphone était dans mon sac. Merde. Je ne portais même pas de montre pour savoir combien de temps s'était écoulé depuis qu'on m'avait enlevée dans cette rue.

J'explorai la pièce à l'aide de mes mains, parcourant les murs à tâtons jusqu'à ce que j'aie mieux cerné ma cellule. La pièce était minuscule, tout juste assez grande pour le matelas sur lequel j'étais allongée. Il occupait presque tout le sol, avec juste un espace d'environ trente centimètres tout autour. Les murs étaient en métal lisse, sans porte ni fenêtre a priori. Comment étais-je entrée dans cette boîte métallique s'il n'y avait pas de porte ?

Je me mis debout sur le matelas, si mou que j'eus du mal à garder l'équilibre. Je tendis la main aussi haut que possible, mais mes doigts ne rencontrèrent que le vide. S'il y avait une trappe au plafond, elle était inaccessible.

Dépitée, je me rassis en enlaçant mes jambes pour me réconforter. Pourquoi m'avaient-ils enlevée ? Pour obtenir une rançon ? Ma famille n'était pas riche, bien au contraire. J'avais payé les factures de chauffage de mes parents l'hiver dernier, grâce à la généreuse prime de Noël de Hot Tatties. Personne n'avait les moyens de payer une grosse rançon pour moi. Mes hypothèses se limitaient donc aux trafiquants d'êtres humains ou à quelqu'un qui m'avait enlevée pour me faire souffrir. Un incel[1] qui se sentait obligé de kidnapper une femme pour se sentir fort.

J'essayai de chasser ces effroyables pensées, mais c'était trop tard. Des images fugaces de ce qu'on pourrait me faire défilaient dans ma tête. Un frisson glacé me parcourut l'échine et je serrai mes genoux encore plus fort contre mon corps.

Si je ne venais pas au travail lundi matin, Pam serait inquiète. Viendrait-elle chez moi ce jour-là pour vérifier que j'allais bien, ou attendrait-elle jusqu'à mardi ? Préviendrait-elle la police ? Ou demanderait-elle l'aide des Albyens, dont les satellites secrets en orbite autour de la Terre l'aideraient peut-être à me retrouver ?

Même dans le meilleur des cas, il s'écoulerait au moins trois jours avant que quelqu'un vienne me chercher.

Pas terrible.

Mais s'il y avait bien une chose que j'avais apprise en travaillant à l'agence de rencontres Hot Tatties, c'était que les femmes étaient fortes. J'avais vu des femmes qui avaient connu l'enfer, subi des relations abusives, vu leurs partenaires mourir, traversé les pires épreuves de leur vie. Mais elles s'en étaient toutes sorties. Et parfois, elles en sortaient plus fortes. Nous leur avions trouvé des compagnons, des hommes gentils, aimants et protecteurs, qui les aidaient à se réparer.

---

1. N.d.T ○ : *Incel* vient de l'anglais « involuntary celibate », célibataires involontaires en français. Désigne les membres de certaines communautés en ligne, généralement des hommes cisgenres et hétérosexuels, qui prétendent être incapables de se trouver une partenaire amoureuse ou sexuelle. Par voie de conséquence, ils vouent une haine farouche aux femmes (qu'ils jugent responsables de leur malheur) pouvant aller jusqu'au meutre de masse.

Les femmes étaient fortes.

J'étais forte.

J'allais m'en sortir et faire regretter à mon ravisseur de m'avoir enlevée.

Des coups retentirent contre le plafond métallique au-dessus de moi, me faisant sursauter. Ami ou ennemi ?

Je décidai de tenter le coup.

— À l'aide !

Une trappe s'ouvrit au-dessus de moi, et un éclat de lumière s'engouffra dans ma cellule. Je clignai des yeux face à la lumière, trop habituée à l'obscurité pour distinguer autre chose que des formes floues. Quelqu'un se trouvait là, la silhouette d'une personne.

— Te voilà.

Sa voix était sombre, tonitruante et... Il ne parlait pas anglais. Mon implant, gracieusement offert par les Albyens, traduisait pour moi. C'était toujours une expérience étrange, de voir les lèvres de quelqu'un bouger, entendre le son comme s'il venait de loin, mais comprendre leurs mots dans un anglais parfait dans ma tête. J'avais mis un peu de temps à m'y habituer. Certains Albyens avaient fait l'effort d'apprendre notre langue, mais la plupart s'en remettaient aux implants. Au début, ça m'avait donné mal à la tête, mais j'avais suffisamment interagi avec les Albyens depuis pour m'habituer à cette impression étrange.

Un extraterrestre. S'agissait-il d'un Albyen ? Peut-être un homme mécontent à qui nous n'avions pas trouvé de compagne ? Je n'aurais su le dire d'où j'étais. Sa voix ne m'était clairement pas familière.

— Je n'ai pas vérifié la destination du rayon de téléportation. Il était encore réglé sur la soute. J'ai mis des lustres à trouver dans quel caisson il t'avait déposée. Donne-moi juste un moment, je vais te faire transférer dans mes appartements.

Sans attendre de réponse, la trappe se referma, occultant toute la lumière.

Je restai seule dans le noir, sans voix. Il semblait désolé de m'avoir envoyée au mauvais endroit, mais pas de m'avoir enlevée à l'origine. Ouais, c'était clairement un extraterrestre. Ils n'obéissaient pas toujours aux mêmes principes moraux que nous. J'étais presque soulagée que mes ravisseurs ne soient pas humains. Curieusement, je faisais plus confiance aux extraterrestres qu'à mes semblables. Je dus attendre encore dix minutes, puis ma peau se mit à picoter. Avant que j'aie eu le temps de gratter les démangeaisons qui m'assaillaient de la tête aux pieds, je me liquéfiai. Je n'avais jamais rien ressenti de tel. J'eus soudain très chaud, bien que ce ne soit pas si désagréable que ça, puis il me sembla que mon corps se transformait en flaque.

L'obscurité se dissipa pour laisser place à la lumière, ou plutôt à une pièce entière. Celle-ci était si intensément éclairée qu'il fallut un moment à mes yeux pour s'adapter, même une fois que la sensation de fusion et de démangeaison avait disparu. J'étais dans une chambre. Qui ne se trouvait pas sur Terre. C'était un environnement complètement étranger. Très différent des cabines du *Starlight*, le croiseur qui assurait la plupart des trajets de voyageurs entre la Terre et Albya, mais néanmoins extraterrestre. Le lit, à supposer qu'on puisse l'appeler ainsi, était une plateforme lisse qui semblait émerger de l'un des murs. Il n'y avait ni matelas, ni couverture, pas même un oreiller. Un immense écran occupait la majeure partie des murs d'en face, où s'affichait actuellement la Terre vue de l'espace. Ce n'était pas la première fois que je voyais ma planète sous cet angle, mais c'était aussi époustouflant que dans mes souvenirs. Même si c'était un écran et non une fenêtre – comme le trahissait ce léger scintillement –, je supposais que c'était la vue qui s'offrait actuellement à nous. Ce qui signifiait que j'étais sur un vaisseau spatial. Kidnappée par des extraterrestres.

Bizarrement, j'étais sans doute la meilleure candidate de toute la planète pour un tel enlèvement. J'avais déjà échangé avec des extraterrestres, j'avais un implant traducteur et j'avais le soutien influent des Albyens. Je n'avais peut-être pas de compagnon albyen, mais je faisais pratiquement partie de la famille à ce stade. Si je disparaissais, ils se battraient pour me récupérer.

Je ne pus m'empêcher de sourire. Ces extraterrestres ignoraient totalement à qui ils avaient affaire.

La porte coulissante s'ouvrit sans un bruit, révélant un énorme spécimen... bleu. Il était bleu, tellement bleu.

J'avais un jour suivi un cours d'aquarelle où l'enseignant nous avait présenté toutes les différentes nuances de bleu sur une palette de peintre. Ses longs cheveux presque blancs, avec une touche de bleu cobalt, encadraient son visage angulaire. Une barbe dissimulait son menton, aussi sauvage et indomptée que son propriétaire. Il était torse nu, révélant des tatouages qui ornaient le haut de ses bras musclés. S'agissait-il de runes ? Je ne voulais pas trop reluquer, mais elles me rappelaient les runes vikings. Dans un style scandinave similaire, un collier garni de pendentifs enserrait son cou. Ses abdos, de la couleur des myrtilles fraîches, étaient si parfaitement dessinés qu'ils semblaient surnaturels. Il ne portait qu'un pantalon noir, ample, qui lui tombait trop bas sur les hanches, comme pour émoustiller toutes les femmes qu'il rencontrait. S'il s'était mis à sautiller ne serait-ce qu'un peu, le pantalon aurait probablement glissé, donnant un meilleur aperçu de ce V affriolant.

Il portait des bottes de combat imposantes, noires comme l'ébène, un style qui contrastait radicalement avec son poitrail dénudé. Comme s'il était parti en guerre en oubliant d'enfiler son armure. Ou s'était servi de son torse nu pour distraire ses ennemis.

— Le spectacle te plaît ?

Il arbora un grand sourire carnassier. Ses lèvres étaient bleu nuit, mais entre elles étincelaient des dents rose pâle. Ses incisives étaient trop aiguisées pour les standards humains. Est-ce que son espèce mordait ?

Je plantai mon regard dans ses yeux bleu cobalt, refusant de culpabiliser de l'avoir regardé. Primo, on ne se promène pas à moitié à poil quand on ne veut pas se faire mater, et deuzio, c'est lui qui m'avait enlevée, donc j'étais parfaitement en droit d'examiner mon ravisseur. Et tertio, j'avais des ovaires. Aucune femme hétéro n'aurait pu le regarder sans ressentir une légère agitation dans le bas-ventre. Ce type débordait de masculinité.

— Qui es-tu et pourquoi est-ce que tu m'as enlevée ? demandai-je. Cette planète est sous la protection de l'UIG.

Il semblait surpris. Autant que je l'étais de découvrir que le vouvoiement n'était pas une option dans sa langue.

— Tu connais l'UIG ? Je pensais que les Péritens ignoraient qu'il y avait de la vie en dehors de leur planète.

Je lui souris, en espérant que mon attitude pleine d'assurance le déstabiliserait. Je priai pour qu'il ne remarque pas le léger tremblement de mes mains alors que je faisais face à mon ravisseur.

— J'échange quotidiennement avec les Albyens et l'UIG. Tu as choisi la mauvaise captive. Je me répète : pourquoi est-ce que tu m'as kidnappée et qui es-tu, bordel ?

Il redressa les épaules, plein de fierté et tout en bravade.

— Je suis Njal le Sanguinaire, capitaine du *Valkyr*. Je suis un Vikingr – si tu as entendu parler des Albyens, je suis sûr que tu connais la grande race des Vikingar. Nous sommes craints et admirés dans toute la galaxie.

Euh, ça va l'arrogance ? Quel connard, ce type.

— Eh bien non, je n'ai jamais entendu parler de ton espèce. Et si vous avez besoin de vous donner un titre effrayant, ça prouve juste que vous n'êtes pas aussi redoutable que vous le pensez. Maintenant, réponds à ma putain de question avant que je me mette en rogne.

Mon prof de théâtre aurait été fier de ma performance. Intérieurement, j'avais une trouille bleue, mais il n'avait pas besoin de le savoir. Une fois de retour chez moi, j'enverrais des fleurs au département de théâtre de mon bienfaiteur.

Njal continua de me sourire, mais la curiosité dans son regard avait laissé place à l'admiration.

— Les Péritennes sont réellement aussi fortes que je l'espérais. C'est une excellente nouvelle. Les scientifiques de l'UIG étaient certains que nous sommes compatibles sur le plan physique, mais un véritable Vikingr n'accepterait jamais de prendre une femelle douce pour compagne, même s'il pouvait se reproduire avec elle.

Se reproduire. Le mot résonna dans mon esprit et j'eus soudain terriblement froid. Cet extraterrestre n'était pas comme les Albyens ; honorables, courtois, gentils. Les Albyens ne parlaient pas de « reproduction ». Ils effectuaient des rituels sacrés tels que leur version du mariage, ce qui donnait à une humaine les mêmes droits que son mari extraterrestre. Les femmes n'étaient pas considérées comme des utérus ambulants, mais j'avais entendu dire que d'autres espèces extraterrestres traitaient leurs femmes ainsi.

Pourquoi fallait-il que je sois enlevée par un extraterrestre abominable ?

— Hors de question que je me reproduise avec toi, crachai-je.

La porte derrière lui était encore entrouverte. Je pouvais tenter de m'enfuir. Mais pour aller où ?

— Parfait, murmura Njal, dont le regard parcourait toujours mon corps. Mon équipage sera ravi.

Son équipage. Plusieurs extraterrestres. Il avait l'intention de m'offrir à eux.

Mes genoux tremblèrent de peur, mais je la surmontai. Je devais faire preuve de force. Alors je courus vers lui, et lui flanquai mon genou en plein dans les parties.

4

ᚾᛁᚲᛁᚲᚨ

Njal

Peu de gens parvenaient à tromper ma vigilance. J'étais toujours en alerte, toujours prêt, pourtant cette femme avait réussi là où des centaines d'ennemis avaient échoué. Non seulement elle m'avait touché, mais elle m'avait aussi fait mal. Les larmes me montèrent aux yeux alors que j'agrippais mes parties, submergé par la douleur la plus atroce que je ressentais depuis très longtemps.

Après m'avoir mis un coup de genou dans les boules, elle m'avait poussé de son chemin et s'était enfuie de la pièce. Sidéré par la tournure des événements, je l'avais laissée faire.

J'étais ravi qu'aucun de mes camarades n'ait pu assister à ce regrettable incident. J'avais éteint la caméra de vidéosurveillance dans ma chambre avant d'y téléporter la femelle, même si je l'avais fait en prévision d'une activité bien différente. Je ne voulais pas qu'ils voient mes bourses claquer contre ses fesses nues, ni qu'elle me les abîme en cas d'attaque injustifiée.

Je ne pouvais m'empêcher d'admirer son courage. Elle était captive dans un endroit inconnu, on l'avait arrachée à sa planète, pourtant elle s'était comportée comme si ce n'était pas le cas. Son assurance m'avait surpris. Connaissait-elle réellement les Albyens ? C'était difficile à croire. Ils restaient entre eux, ou du moins c'est ce qu'ils faisaient depuis que toutes leurs femelles s'étaient endormies. Ça avait fait jaser toute la galaxie pendant un temps, mais je n'avais plus entendu parler d'eux depuis. Il semblait qu'ils s'étaient mis en quête de femelles sur d'autres planètes pour remplacer les leurs.

Il fallait que j'en sache plus au sujet de la femme que j'avais enlevée.

Ce choix avait été complètement aléatoire. Refusant d'attendre que les algorithmes de Torsten me trouvent une femme, je m'étais téléporté à la surface de la planète. Je ne savais rien de Péritus, de sa géographie et de sa culture, alors j'avais choisi ma destination en tapant ma date de naissance dans les coordonnées de téléportation. J'avais atterri dans un petit village aux rues non éclairées, le cadre idéal pour ma mission. Impossible de rester longtemps à cause des satellites de l'UIG en orbite autour de Péritus, alors j'avais enlevé la première femme que j'avais trouvée. Malheureusement, j'avais oublié de vérifier les coordonnées de téléportation pour mon retour. Le système connaissait ma signature, alors j'avais été ramené à la plateforme de téléportation juste à côté du centre de commandement, mais la femme avait été identifiée comme cargaison vivante et avait fini dans un caisson pour bétail.

Je massai mes testicules endoloris, incapable de réprimer un grognement. Ça ne se passait pas bien du tout. J'avais plutôt intérêt à la récupérer avant qu'elle fasse des bêtises sur le *Valkyr*. Ou avant que mon équipage comprenne ce qui s'était passé. Ma réputation serait ruinée.

Je fis apparaître une carte du *Valkyr* sur l'écran surdimensionné que j'avais fait installer seulement quelques mois plutôt, puis demandai au système de scanner la carte pour trouver la Péritenne. Elle n'était pas partie bien loin, et restait immobile. Était-ce une stratégie de sa part ou lui était-il arrivé quelque chose ? Il ne s'était écoulé qu'un clic ou deux, autrement dit pas assez de temps pour qu'elle soit blessée. N'est-ce pas ?

Je sortis de ma chambre en trombe et me rendis vers l'improbable salle de stockage où le système l'avait localisée. Je fouillai ma mémoire, tâchant de me rappeler ce que nous avions stocké dans cette pièce. Pas d'armes, j'en étais certain. Rien qu'elle puisse utiliser pour me blesser davantage – non pas que ça m'inquiétait. Elle ne m'y prendrait plus. J'étais Njal le Sanguinaire et elle n'était rien d'autre qu'une Péritenne. Non, mais !

Résistant à l'envie de me masser les parties encore une fois, je bifurquai... Et elle était là, dos à moi. Je l'examinai rapidement pour vérifier qu'elle n'était pas blessée ou armée, mais elle avait exactement la même apparence qu'avant. Un peu plus décoiffée, peut-être. Était-ce de la poussière sur ses vêtements noirs ?

Elle portait de curieux vêtements. Totalement étrangers. Un pantalon moulant épousait ses jambes, mais continuait vers le haut pour se transformer en chemise. C'était une seule et même combinaison, comme si on avait cousu une chemise avec un pantalon pour compliquer le déshabillage. Je n'en voyais pas l'utilité. À moins qu'il y ait une ouverture à l'entrejambe pour lui permettre d'uriner plus facilement, ça me semblait très peu pratique. Mais le noir lui allait bien. Ça lui donnait une allure plus dure. Le noir était ma couleur de prédilection pour partir au combat, car les taches de sang ne s'y voyaient pas.

— Arrête ! criai-je.

Elle fit volte-face, puis s'enfuit en me voyant. Comme une proie. Ce n'était plus une guerrière. Était-ce vraiment de la peur que j'avais vue sur son visage ? Elle s'était retournée trop vite pour que j'en sois sûr. Je la poursuivis dans le couloir, en priant les dieux pour que personne d'autre ne passe par ici. Ma cabine était assez éloignée des quartiers de l'équipage, mais elle partait dans cette direction. Fort heureusement, elle n'était pas très rapide. Une fois que je l'eus rattrapée, je ne pris aucun risque. Je la plaquai contre le mur, mes mains sur ses hanches, mon corps collé au sien. Ses yeux étaient grands ouverts, comme une proie dévisageant son prédateur, mais c'est alors que son expression changea. La peur laissa place à une attitude de défi, puis elle me foudroya du regard.

— Lâche-moi, siffla-t-elle en se débattant contre ma poigne de fer.

Elle n'avait aucune chance. Je n'avais pas besoin de mobiliser toute ma force pour la maîtriser. En fait, j'aurais pu rester comme ça pendant des heures sans verser la moindre goutte de sueur. Tous les Péritens étaient-ils aussi frêles ou s'agissait-il uniquement des femelles ?

Ceci dit, le regard ardent qu'elle me lançait compensait largement ses lacunes physiques.

— Lâche-moi, répéta-t-elle en criant presque cette fois.

— Pour que tu t'enfuies encore ? Je ne crois pas, non.

Cette fois, j'étais prêt quand elle leva le genou, visant à nouveau mes parties. Je parai son coup et posai le pied sur le sien, en y mettant suffisamment de poids pour la faire grimacer de douleur.

Je ne voulais pas lui faire de mal, mais il était hors de question de la laisser s'échapper. J'avais besoin d'elle. Et déjà, elle constituait un formidable entraînement. Si ma compagne lui ressemblait, je serais préparé.

Je répondis à son regard noir en la fixant d'un air calme et détendu, lui signifiant très clairement qu'elle ne représentait aucune menace pour moi. J'avais espéré qu'elle renoncerait, mais mon attitude ne fit qu'attiser le feu dans ses yeux. Intéressant. Je me demandai jusqu'où j'allais devoir aller pour la soumettre.

J'aimais les défis. Surtout quand ils impliquaient une jolie femme.

J'accueillis son regard par un sourire indifférent. Mes lèvres se souvenaient à peine du mouvement. Sourire semblait appartenir au passé.

L'espace d'un instant, la femme se figea. Je ne desserrai pas ma prise pour autant, refusant de me laisser duper par cette docilité apparente. Quand elle se rendit compte que ce stratagème ne fonctionnerait pas, elle continua sa lutte futile.

— Je peux faire ça toute la journée, lui dis-je d'un ton détaché. Et toi ?

Elle montra les dents comme si elle avait l'intention de me mordre. Je ne me souvenais pas avoir lu quoi que ce soit indiquant que ça faisait partie des armes naturelles des Péritens.

— Qu'est-ce que tu me veux ? lâcha-t-elle d'un ton sec.

Là tout de suite, je voulais plonger mon sexe en elle. Sa proximité physique me faisait de l'effet. J'étais content d'avoir opté pour un pantacourt plus ample ce matin et non pour une armure de combat. Même ainsi, mon sexe était à l'étroit sous le tissu. Mais si je lui disais ça, je n'arriverais jamais à la convaincre de coopérer.

Avant de pouvoir explorer son corps périten, m'assurer qu'elle était
vraiment compatible avec moi, je devais en savoir plus sur son
espèce. Lire les résumés de l'UIG ne remplaçait pas une
conversation en direct avec une Péritenne. J'allais apprendre tout
ce que je pouvais sur leurs femelles, les points de vigilance,
comment les traiter, ce dont elles avaient besoin pour survivre et
s'épanouir, avant de passer à la dimension charnelle.

J'avais mal aux testicules en pensant à quel point ce serait bon de
baiser enfin une femme à nouveau. Ça faisait vraiment longtemps.
Au moins deux rotations et demie. Après avoir reçu les héritages
combinés de notre planète, j'avais emmené le *Valkyr* à Valendis,
une planète de plaisirs charnels pleine d'opulence, de débauche et
de femmes consentantes. Nous y avions passé deux semaines
pendant lesquelles j'avais baisé plusieurs femmes tous les jours. Je
ne m'étais pas senti mieux pour autant. Et mon équipage non plus.
Ça avait été une tentative futile de nous distraire de notre
chagrin – et elle avait échoué.

Je n'avais touché aucune femme depuis que nous avions quitté
Valendis, la tête courbée par la souffrance, avec le sentiment d'être
encore plus vide qu'avant notre arrivée. L'une des nombreuses
erreurs que j'avais commises au cours des trois dernières rotations.

La femme tenta de me flanquer un autre coup de genou, me tirant
ainsi de mes souvenirs. Je resserrai ma prise jusqu'à ce qu'elle
pousse un cri strident.

— On va retourner à ma cabine maintenant, lui dis-je calmement.
Et une fois là-bas, tu vas répondre à toutes mes questions. Est-ce
que tu comptes me suivre de ton plein gré ou est-ce que je vais
devoir t'attacher ?

Cette pensée me mit l'eau à la bouche. Peut-être devrais-je amener des cordes quoi qu'il en soit. Elle m'avait tout l'air d'être le genre de femme qui pourrait aimer ça.

— Je n'irai pas dans ta cabine, siffla-t-elle.

Des postillons jaillirent de ses lèvres, et atterrirent sur mon visage. Je ne les essuyai pas, préférant simplement la dévisager, en déversant toute ma puissance et ma force dans ce regard. J'étais un guerrier vikingr, capitaine d'un vaisseau spatial, et il était hors de question que je la laisse gagner.

— Je te promets que je ne te ferai pas de mal. Je veux juste parler.

Pour l'instant.

— Parler de quoi ?

— De ta planète. De ton espèce.

Ses yeux s'agrandirent légèrement.

— Est-ce que vous comptez envahir la Terre ?

Pendant un instant, j'envisageai de répondre par l'affirmative en me disant que ça pourrait l'inciter à m'obéir, mais j'abandonnai cette idée. Les Vikingar ne mentaient pas. Nous pouvions parfois omettre la vérité mais dans l'ensemble, nous étions des hommes d'honneur.

— Non. Nous ne sommes pas une menace pour ta planète.

— Alors pourquoi...

— Pas ici, l'interrompis-je. Je te repose la question : est-ce que tu comptes arrêter de te débattre ou est-ce que je dois t'attacher ?

Elle baissa enfin les yeux, et ses longs cils envoûtants papillonnèrent.

— D'accord. Je vais venir parler avec toi. Mais si tu tentes quoi que ce soit d'autre, je te coupe la queue.

Curieusement, j'étais certain qu'il s'agissait là d'une menace sérieuse. Je résistai à la tentation de me masser les boules. Elles ne me faisaient plus mal, mais le souvenir de la douleur était encore vif. Quelle femme féroce j'avais attrapée. C'était presque dommage de la laisser partir.

5

ᚢᛁᚴᛁᚴᛦ

Steff

Je le suivis dans le couloir, en me demandant pendant tout le trajet si c'était la plus grosse erreur de ma vie. J'aurais dû m'enfuir quand j'en avais eu l'occasion.

Après m'être échappée de sa cabine, j'avais cru repérer un signe familier, le même symbole qui menait aux capsules de sauvetage du *Starlight*. Mais tout ce que j'avais trouvé, c'était une salle de stockage remplie de caisses poussiéreuses.

Il m'avait rattrapée beaucoup trop vite. Le fait qu'il me coure après comme ça, si rapidement que ça aurait dû être impossible… ça m'avait rappelé qu'il s'agissait d'un extraterrestre. Et les Albyens avaient été très clairs sur ce point : la plupart des autres espèces extraterrestres nous considéreraient comme des proies, nous les humains. Nos technologies n'étaient pas assez avancées pour les impressionner, et nos attributs physiques n'étaient pas suffisants pour être perçus comme des prédateurs nous-mêmes.

Mon ravisseur n'avait ni crocs, ni cornes, ni griffes – à la différence de certains aliens que j'avais vus sur le quantnet des Albyens – mais il était au sommet de la chaîne alimentaire, ça ne faisait aucun doute. Pas seulement à cause de ses muscles saillants ou de ses yeux bleus perçants. Sa présence tout entière transpirait la force.

Et quand il avait menacé de m'attacher, je l'avais cru.

J'étais assez vulnérable sans pour autant être incapable de me défendre.

Étrangement, je ne mettais pas sa parole en doute. Il avait dit qu'il ne me ferait pas de mal et je le croyais. C'était idiot et naïf, mais j'avais beau tenter de me répéter que c'était un menteur, je n'arrivais pas à m'en persuader.

En le regardant marcher devant moi, je constatais que son dos large était une plaine de muscles fermes. Même s'il ne marchait pas derrière moi, je savais que je n'avais pas la moindre chance de lui échapper. Il avait été si rapide qu'il m'attraperait probablement avant que j'aie le temps de faire un seul pas dans la direction opposée. Je me sentais épiée, comme s'il avait des yeux derrière la tête. Je fixai ses longs cheveux aux reflets bleu argenté, qui lui arrivaient au milieu des omoplates. Ils étaient en pagaille, et n'avaient manifestement pas été brossés depuis longtemps. Mais ça lui allait bien, ce look sauvage. C'était un guerrier, je l'avais compris avant même qu'il me dise qu'on le surnommait le Sanguinaire. Tu parles d'un surnom ! Je me demandais s'il l'avait choisi lui-même ou si c'étaient ses ennemis qui lui avaient donné.

Un tel homme devait avoir des ennemis. Et maintenant qu'il m'avait enlevée, il pourrait ajouter les Albyens à cette liste d'ennemis. Je savais qu'ils viendraient me chercher. Il fallait juste que je reste en vie jusqu'à leur arrivée. Quelques jours au moins.

Pour le moment, j'allais jouer le jeu. Répondre à ses questions. En espérant ne pas lui livrer les informations dont il avait besoin pour envahir la Terre.

Quand nous arrivâmes devant la porte de sa cabine, j'eus un moment d'hésitation. Je ne voulais vraiment pas être seule dans une pièce avec lui. Je me serais sentie plus à l'aise si d'autres personnes étaient présentes, un ou deux chaperons bienveillants – mais je doutais fortement que les membres de son équipage puissent jouer ce rôle. Peut-être était-ce préférable que nous restions seuls. Je pris une grande inspiration et serrai les dents. J'allais lui montrer que les terriennes ne se laissaient pas faire.

Le poids lourd de la responsabilité s'installa sur mes épaules quand je pris conscience que j'étais peut-être la seule chose qui se dressait entre ces Vikings extraterrestres et l'humanité. Si je donnais la mauvaise information, si je leur donnais l'impression que nous étions faibles et sans défense, ça pourrait avoir des conséquences catastrophiques.

— Entre, me dit Njal comme s'il m'invitait à prendre le thé.

Comme s'il ne m'avait pas assommée et enlevée. Le sourire sur son visage semblait sincère.

Quel sale type. Un sale type vraiment sexy et à moitié nu qui mettait mes hormones sens dessus dessous. J'aurais tant voulu qu'il ait trente ans de plus, un bide à bière, des paupières tombantes et une atroce voix aiguë. Et non qu'il soit cette incarnation de virilité incroyablement propice aux orgasmes.

Je le suivis à l'intérieur, et m'arrêtai net en comprenant que ce n'était pas la cabine où nous étions auparavant. Enfin, si. L'écran était identique et il y avait la même tache par terre que j'avais remarquée tout à l'heure, mais le lit avait disparu. J'avais cru qu'il faisait partie du mur, dont il sortait à la manière d'une énorme branche, sauf que la pièce était complètement vide à présent.

— Mode invité, ordonna Njal, et le sol commença à bouillonner.

Qu'est-ce que... Le métal frissonnait et vibrait comme s'il était en train de fondre. Je ressortis comme une flèche de la pièce. L'alien me lança un regard étonné, puis se mit à rire.

— Ce n'est pas dangereux, gloussa-t-il. Le *Valkyr* est conçu pour optimiser l'espace. C'est un petit vaisseau avec un grand équipage, donc on est contraints d'utiliser les mêmes pièces à des fins diverses. Regarde.

Avec émerveillement, je contemplai un champignon métallique qui semblait jaillir du sol, puis grandir jusqu'à ce qu'il atteigne environ un mètre de hauteur. Le dessus s'aplatit pour se transformer en table, pendant que deux plus petits champignons se changeaient en chaises. L'une était assez grande pour Njal, et l'autre semblait parfaitement à ma taille. Le vaisseau avait-il scanné mes fesses pour déterminer la taille idéale de la chaise-champignon ?

Le bouillonnement cessa, et j'eus l'impression que les nouveaux meubles étaient là depuis des années. Incroyable. Moi qui croyais que le *Starlight* disposait d'une technologie dernier cri, j'assistais à un phénomène qui me semblait carrément magique.

Njal s'assit sur la plus grande chaise, jambes écartées. Apparemment, le manspreading[1] n'était pas propre aux humains. J'étais vraiment tentée de lui coller un autre coup de genou dans les noix, mais ça aurait été de la violence gratuite et c'était impoli.

---

1. N.d.T○ : Désigne la tendance de certains hommes à occuper plus d'un siège dans les transports en écartant les jambes.

— Assieds-toi, dit-il, ce qui ressemblait plus à un ordre qu'à une invitation. Les boissons ne vont pas tarder à arriver.

Le métal de la table allait-il recommencer à bouillir pour les faire apparaître ?

Avec précaution, mes mains parcoururent le dossier lisse de la chaise. Elle était complètement solide. Et chaude. Je m'attendais à ce que le métal soit froid, mais il était agréablement chaud.

Je finis par m'asseoir, en gardant les pieds bien à plat par terre au cas où la chaise déciderait de retourner à son état de sol.

Les lèvres bleu nuit de Njal s'étaient muées en sourire tandis qu'il m'observait. Je fus de nouveau frappée par l'aspect sauvage de sa barbe. Il avait des traits fins et anguleux qui lui donnaient des airs d'artistocrate, mais cette barbe le métamorphosait en barbare.

— Qu'est-ce qui se passera une fois que j'aurai répondu à tes questions ? demandai-je, en me faisant violence pour cesser de le dévisager.

— On va faire quelques tests sur toi, puis on te libérera. Et on t'aura effacé la mémoire, évidemment.

— Évidemment, répétai-je. Pas question. Je ne vous laisserai pas faire.

Son sourire s'élargit.

— Bien sûr que si. Mais ça, ce sera pour plus tard. Commençons par ton nom.

J'étais trop exaspérée pour résister.

— Steffanie, mais tout le monde m'appelle Steff.

— Les Péritens n'ont qu'un seul nom ?

Je levai les yeux au ciel.

— Steffanie Clynder la... Vengeresse.

C'était le meilleur titre que j'avais pu trouver. Njal l'accueillit avec un petit sourire.

— Parle-moi un peu des Péritennes.

Heureusement pour lui, je connaissais le terme qu'employait la communauté intergalactique pour nous désigner, nous les humains. Je ne savais pas pourquoi ils nous appelaient Péritens, mais je m'y étais habituée.

— Qu'est-ce que tu veux savoir ?

— Tout.

Il avait dit cela comme s'il ne se rendait pas compte que les réponses qu'il cherchait étaient intarissables.

— C'est impossible. Si je te demandais de tout me dire sur... Comment s'appelle votre espèce ? Les Vikings ?

— Vikingar, rectifia-t-il.

— OK, Vikingar. Si je te demandais des informations sur les femmes vikingar, je suis sûre que tu pourrais en parler pendant des heures.

Son sourire disparut instantanément. Son visage s'assombrit, comme si des nuages venaient occulter la lumière du soleil.

— Non. Il n'y a qu'une seule chose à savoir sur nos femelles. Elles ont disparu.

— Disparu ?

— C'est tout ce que je dirai à ce sujet. Allez, parle. Parle-moi des Péritennes.

Avant que j'aie le temps d'en savoir plus, un gong retentit et l'air commença à scintiller au-dessus de la table. Deux grands verres en forme de corne se matérialisèrent, sorties du néant plutôt que du métal. Njal attendit qu'un deuxième gong retentisse dans la pièce pour prendre un des verres. Il n'en prit pas qu'une gorgée ou deux. Il le vida d'une traite à grandes goulées.

Apparemment, les Vikings extraterrestres n'avaient pas de manières à table.

Je pris conscience à quel point j'avais soif.

— Est-ce que c'est sans danger pour les humains ? Les Péritens, je veux dire ?

Njal parut surpris.

— Tu penses que je t'empoisonnerais ?

— Bah, tu m'as assommée et kidnappée. Qui me dit que tu ne veux pas allonger la liste de tes crimes ?

Il souffla comme si je l'avais vexé. Il devait pourtant bien se rendre compte que jusqu'à présent, il ne s'était pas exactement comporté comme un gentleman, non ?

— C'est sans danger, grommela-t-il. Bois.

Je reniflai le liquide clair. Il ne sentait rien en particulier. De l'eau, avec un peu de chance. Ou quelque chose de plus fort. Un peu d'alcool pour me calmer les nerfs ne serait pas de refus. À l'instant où la première goutte toucha ma langue, j'eus le souffle coupé. C'était bien de l'eau mais... plus pur. Une très légère note de vanille s'attardait sur mes papilles, une saveur chaleureuse et rafraîchissante à la fois. On aurait dit que l'eau avait été puisée en plein cœur d'une montagne, vierge de toute activité humaine.

Je vidai mon verre d'un trait. Dès que je le reposai sur la table, il se remplit à nouveau. Ingénieux.

— Est-ce que tu as besoin de manger ? demanda Njal en me dévisageant d'un air étrange. À quelle fréquence les Péritens doivent-ils être nourris ?

— En général, on mange trois repas par jour. Parfois des collations entre les repas.

Le Viking acquiesça d'un air entendu.

— C'est important, les collations.

Au moins une chose sur laquelle nous tombions d'accord.

— Que se passe-t-il si tu ne prends pas trois repas ? demanda-t-il. À quelle vitesse dépérissez-vous ?

Prévoyait-il de me laisser mourir de faim ? Il était peut-être préférable de mentir. Lui dire que ça prendrait une éternité et que ça ne valait même pas la peine d'essayer. Que nous étions pratiquement indestructibles. Mais ça aurait pu l'inciter à vérifier mes dires. Non, il valait mieux dire la vérité dans cette situation.

— On peut tenir quelques jours sans manger, mais ce n'est pas agréable. Je deviens très grognon si je ne mange pas et...

— Grognon ? Qu'est-ce que ça veut dire « grognon » ?

Il tapota l'endroit derrière son oreille droite.

— Mon implant a du mal à traduire cette expression.

— Grincheuse. Chafouin. De mauvaise humeur. Irritable. Est-ce que l'un de ces mots est traduisible ?

Une lueur de compréhension s'illumina dans ses yeux.

— Tu es déjà grognon. Tu n'as probablement rien mangé. Je vais te donner de la nourriture.

— Je ne suis pas grognon. Je suis en colère. Parce que tu m'as kidnappée. Sacrée différence !

J'étais vraiment tentée de lui jeter mon verre rerempli au visage. Mais ça reviendrait à perdre ma position de force sur le plan éthique. Alors je choisis de cacher ma colère et de me concentrer sur ma boisson. Une gorgée à la fois. Laisser l'eau emporter la fureur qui menaçait de déborder. Je devais me rappeler qu'il était plus fort que moi. C'était une mauvaise idée de l'énerver.

— Que mangent les Péritens ? demanda-t-il après une minute ou deux de silence.

— Par où commencer ? Chaque culture a ses propres spécialités. Certaines personnes mangent de la viande, d'autres préfèrent un régime à base de plantes. C'est très dur de généraliser.

— Je comprends. Nous ne mangeons – mangions – pas tous les mêmes choses sur Jörð non plus. Pour le moment, je vais demander au logiciel de cuisine du *Valkyr* de préparer un plat issu de la base de données de l'UIG approuvé par les Péritens.

Il était clairement bien préparé ; il avait fait des recherches. Ce qui n'était pas bon signe. Si mon enlèvement avait été spontané, j'aurais peut-être pu le convaincre que les humains n'étaient pas adaptés pour ce genre de choses. Mais il était venu sur cette planète en particulier, avait fait des recherches, eu accès aux informations dont l'UIG disposait sur les humains.

— *Valkyr*, prépare-nous deux portions de ce plat imprononçable que tu m'as cuisiné hier soir, ordonna Njal en se tournant très légèrement vers le grand écran sur le mur.

— Oui, capitaine, répondit une voix féminine.

Il se tourna de nouveau vers moi.

— En attendant, continuons à discuter. Les Péritennes cassent-elles facilement ?

— Est-ce qu'elles *cassent* facilement ?

Je le regardai, bouche bée.

— Qu'est-ce que tu comptes faire ?

6

ᚾᛁᚲᛁᚲᛉ

Njal

S *kitr*. Ça ne se passait pas bien. Elle ne me faisait clairement pas confiance, ce qui signifiait que je ne pouvais pas être sûr qu'elle me disait la vérité. Comme ce n'était pas une Vikingr, je ne pouvais pas compter sur son honnêteté. C'était une Péritenne, et ces gens obéissaient à d'autres règles. Je n'avais rien trouvé dans les informations de l'UIG indiquant qu'ils étaient particulièrement fourbes, mais vu la façon dont elle me foudroyait du regard, je commençais à me dire que l'UIG s'était trompée sur beaucoup de choses. Ils n'avaient pas mentionné que les Péritens étaient aussi violents. Elle avait menacé de me couper la queue. Elle m'avait collé un coup de genou dans les couilles. Et à cet instant, ses yeux flamboyants me promettaient encore plus de violence.

Ça me plaisait beaucoup. Elle était tout ce que j'avais espéré. Une fois que j'aurais trouvé ma compagne, j'allais devoir la dompter un peu pour que mes organes génitaux restent intacts, mais j'allais veiller à ne pas éteindre ce tempérament de feu.

— J'ai posé la question parce que je veux être sûr de ne blesser aucune femme par accident, précisai-je.

— Comme quand tu m'as frappée à la tête ? cracha-t-elle.

— Je ne t'ai pas frappée. Je t'ai injecté un tranquillisant pour te rendre le voyage plus agréable. Je suis parti du principe que tu n'avais jamais été téléportée avant et je sais que ça peut être effrayant la première fois.

Elle cligna des yeux vers moi, et je vis avec satisfaction qu'une partie de cette colère ardente s'atténuait en elle.

— La prochaine fois, demande avant de le faire. On n'administre pas un sédatif aux gens comme ça.

Je lui souris.

— Je prendrai ça en considération. Maintenant, réponds à ma question, s'il te plaît.

— Tu veux savoir si on casse facilement ? Oui, très. Tu ne devrais même pas me toucher. Tu pourrais me casser un os. On est très cassables, mais... mais ne t'imagine pas qu'on est faibles pour autant. Si vous envahissez la Terre, on se battra bec et ongles. Vous n'aurez aucune chance contre nous.

Comprenant exactement ce qu'elle essayait de faire, je continuai simplement à sourire. C'était une sensation étrange. Mes muscles peinaient à se rappeler comment bouger de la sorte.

— Je te l'ai déjà dit, je ne prévois pas d'envahir ta planète. Pourquoi est-ce que je ferais ça ? On n'a aucune envie d'y vivre. Notre maison, c'est le *Valkyr*.

Même avant que Jörð soit détruite, je préférais voyager dans l'espace plutôt que de vivre sur une planète. La vie sédentaire des civils n'était pas faite pour moi. Du moins, c'est ce que je pensais. Ceci dit, je me demandais parfois comment ce serait de se stabiliser – mais ce n'était plus possible. Notre maison avait disparu. J'allais continuer mes pillages jusqu'à ce que je meure lors d'un glorieux combat, pour rejoindre mes ancêtres au royaume de Valhalla.

— Alors pourquoi est-ce que tu me poses toutes ces questions ? demanda la femme d'une voix autoritaire.

— Je te le dirais peut-être si tu répondais vraiment à mes questions. Mais comme tu ne le fais pas, je ne me sens pas obligé de te donner cette information.

Ce n'était que partiellement vrai. J'étais aussi soucieux qu'elle m'abîme à nouveau les parties si elle apprenait la vérité.

Elle ne répondit pas, se contentant de me fusiller du regard avec ces flamboyants yeux verts. J'avais toujours trouvé que le vert était une couleur apaisante, calmante – jusqu'à ce que je la rencontre.

— Y a-t-il autre chose dont les Péritennes ont besoin pour survivre, à part les repas réguliers ?

— À part de l'air pour respirer et de l'eau pour boire, tu veux dire ? dit-elle d'un ton impassible. Bien dormir pour rester belle, je suppose. Et la captivité ne nous réussit pas, donc tu devrais me laisser partir avant que je me flétrisse et meure.

— Dormir pour rester belle ? répétai-je. Tu as besoin de dormir pour préserver ta beauté ?

Elle devait beaucoup dormir. Avec ses yeux pétillants, ses cheveux bouclés noir ébène, ses courbes généreuses et ses hanches larges parfaitement adaptées à la reproduction, sans parler de sa peau de la couleur du sable de Valendis, c'était une très belle femme. Non pas que je le lui aurais dit. Je ne voulais pas qu'elle gagne encore plus en assurance.

Steff but quelques gorgées de l'eau de glacier hors de prix que j'avais demandé au *Valkyr* de servir. D'après la base de données de l'UIG, les corps péritens étaient remplis d'H_2O et avaient régulièrement besoin de reconstituer leurs réserves. Heureusement, j'étais un milliardaire qui avait les moyens de s'offrir le liquide le plus pur du marché. Le meilleur, et rien que le meilleur pour ma compagne – une fois que je l'aurais trouvée. Il fallait que je fasse le point avec Torsten pour voir s'il avait avancé dans sa recherche de femmes compatibles avec nous.

— Tu n'as pas entendu ce que j'ai dit ensuite ? Les humains ne peuvent pas survivre en captivité, s'emporta Steff.

Oh, comme j'espérais que ma compagne soit aussi fougueuse qu'elle !

— Je sais que c'est faux, dis-je d'une voix douce. J'ai lu plusieurs rapports de l'UIG à propos d'expériences non autorisées, d'enlèvements illégaux et de Péritens vendus comme esclaves. J'accepte que vous soyez incapables de prospérer dans de telles conditions – comme toutes les espèces – mais il n'y a aucune preuve que ça serait mortel.

Mon sourire disparut, et je lui rendis son regard noir.

— Ne me mens plus jamais.

— Sinon quoi ?

— Est-ce que tu veux réellement le savoir ?

Elle tint bon quelques clics, puis détourna les yeux pour regarder sa corne à boire vide. D'ailleurs, maintenant que j'y pensais : où était la nourriture ? Manifestement, les algorithmes d'hospitalité du *Valkyr* avaient besoin d'une mise à jour. Après avoir reçu l'héritage, nous nous étions davantage concentrés sur l'amélioration de nos armes, de notre technologie de camouflage et de téléportation. Errik avait installé un nouvel appareil de brassage de bière, mais personne ne s'était soucié d'améliorer le système d'hospitalité du vaisseau. Nous mangions ce que le *Valkyr* avait à offrir et d'ordinaire, c'était suffisant. Le fait que tout le monde appartenait à la même espèce aidait sur ce plan. Mais maintenant que nous étions sur le point d'accueillir des Péritennes à bord, c'était une bonne idée de satisfaire aussi leurs goûts et leurs besoins. Je ne voulais pas que ma future compagne tombe malade si la nourriture vikingr ne lui réussissait pas.

Le silence entre nous devint de plus en plus pesant. Pour le briser, je posai une autre question à Steff. Même si je ne m'attendais pas à ce qu'elle réponde honnêtement.

— Est-ce que c'est vrai que les Péritens n'ont pas de compagnons ?

Elle me regarda d'un air méfiant, clairement mécontente de ce sujet.

— Certains d'entre nous se marient, d'autres vivent avec un partenaire – ou plusieurs partenaires, de nos jours – et d'autres encore choisissent de rester célibataires. Autrefois, le mariage était quasiment systématique, mais ce n'est plus le cas. C'est beaucoup plus flexible.

Cette idée de « flexibilité » ne me plaisait pas du tout. Une fois que j'aurais trouvé ma compagne, elle serait à moi et à moi seul. Pas d'autres mâles, pas d'autres femelles. Tout comme je ne prendrais jamais d'autre partenaire de couche.

— Comment trouvez-vous vos... partenaires de... mariage ? demandai-je.

— Quand on a de la chance, on les rencontre au travail ou par l'intermédiaire d'amis. Il y a des applications de rencontres qu'on peut utiliser, ou si on veut un coup de pouce supplémentaire, des agences de rencontres comme celle pour laquelle je travaille.

Elle se redressa un peu, apparemment submergée par une nouvelle vague d'assurance. Je craignais pour mes boules.

— J'ai mentionné que je travaille pour l'agence Hot Tatties, pas vrai ? On est la seule agence de rencontres sur Terre à avoir un accord exclusif avec les Albyens. À ce jour, on a trouvé près de mille femmes pour...

Elle s'arrêta au beau milieu de sa phrase, puis se racla la gorge.

— Désolée, c'est mon discours habituel. Tout ce que tu as besoin de savoir, c'est que je travaille étroitement avec les Albyens et l'Université intergalactique. Si tu me fais du mal, ils te pourchasseront.

Je lui souris.

— Qu'ils essaient, pour voir. Le vaisseau UIG le plus proche est à une semaine d'ici. Et les Albyens... OK, certains d'entre eux sont de bons guerriers, mais ce sont des enfants qui jouent avec des armes en carton comparés aux Vikingar. Quand nous venons au monde, c'est avec la rage dans le cœur et la soif de sang dans l'âme. On ne combat pas pour vivre, on vit pour combattre.

Des images de batailles passées me traversèrent l'esprit, et je fus secoué par une émotion violente. La gloire du passé, à l'époque où nous n'étions qu'un vaisseau vikingr parmi d'autres et non les derniers survivants d'une race à l'agonie. À l'époque où un lourd nuage de responsabilité ne pesait pas encore sur nos épaules. Si nous ne trouvions pas de compagnes et n'engendrions pas une nouvelle génération de Vikingar, nous ne serions pas dignes de rejoindre nos familles et nos ancêtres à Valhalla. Nous devions encore faire nos preuves.

— Les Albyens sont plus que de bons guerriers, riposta Steff. Et ils viendront me chercher. Je suis indispensable à leur mission de trouver plus de compagnes et...

— Attends un peu, l'interrompis-je. Explique-moi comment ça fonctionne. Trouver des compagnes pour les Albyens.

Mon esprit était en ébullition. Aurais-je trouvé une solution encore plus idéale que ma dépendance aux algorithmes de Torsten ?

— Hot Tatties lance des campagnes publicitaires pour attirer des femmes célibataires. On utilise beaucoup de clips de mecs en kilt sexy. Évidemment, ces hommes sont soit des Albyens vêtus d'une combiflage pour dissimuler leur deuxième paire de bras, soit des mannequins humains. Les femmes intéressées se présentent ensuite à notre agence et remplissent un questionnaire pour nous indiquer ce qu'elles recherchent. Si on pense qu'un Albyen pourrait être un bon partenaire, elles nous donnent un échantillon d'ADN qu'on envoie ensuite à un laboratoire albyen. Ils ont trouvé un moyen d'identifier les âmes sœurs, donc si un homme compatible est dans leur base de données, ils nous en informent. On promet alors aux femmes un voyage tous frais payés vers une destination mystère où elles pourront passer du temps avec l'homme qu'on leur a trouvé. Évidemment, on attend qu'elles soient à bord du vaisseau spatial pour leur annoncer qu'elles partent pour Albya.

Pendant un instant, elle eut un sourire radieux, puis elle se reprit et recommença à me fusiller du regard.

— Je ne devrais pas te raconter ça.

— Détrompe-toi. On dirait bien que la hamingja est enfin revenue à mes côtés.

— Qu'est-ce que ça veut dire ?

— La hamingja veille sur un Vikingr et décide de sa fortune et de son bonheur. Je pensais que la mienne était partie depuis longtemps, qu'elle m'avait abandonné, mais c'est un signe ! De toutes les personnes que j'aurais pu kidnapper, c'est toi que j'ai choisie, quelqu'un qui trouve des compagnes pour les autres, et ça, c'est une preuve très nette que mon hamingja est de retour.

Je n'avais pas ressenti une telle excitation depuis... Je ne le savais même pas.

À présent, tout ce qu'il me restait à faire, c'était de capturer un scientifique albyen capable d'adapter leur technique de recherche de compagnes pour les Vikingar.

J'adressai un grand sourire à la femme assise en face de moi. Elle était l'appât idéal pour attirer un vaisseau albyen.

7

∩IᚱIᚠ⅄

Steff

Avec un sourire dément, mon ravisseur se leva de son siège et sortit de la pièce en trombe sans la moindre explication. La porte se referma derrière lui. Je gardai les yeux rivés sur elle, sans vraiment comprendre ce qui venait de se passer.

Un gong me fit sursauter. L'air au-dessus de la table-champignon recommença à scintiller, comme lorsque les cornes à boire étaient apparues. Cette fois, deux bols en terre se matérialisèrent, tous deux remplis d'une bouillie verte fumante. La faim me contracta l'estomac. J'avais mangé pour la dernière fois au déjeuner, un sandwich que j'avais englouti à mon bureau entre deux rendez-vous. Je ne savais pas trop combien de temps s'était écoulé depuis. Combien de temps étais-je restée inconsciente ?

Lorsque je tendis la main vers le bol le plus proche, un autre gong m'annonça l'arrivée d'une cuillère en métal.

Je tournai la tête vers le grand écran.

— Merci.

— Mais je t'en prie, répondit la voix féminine.

Avait-elle l'air légèrement satisfaite ? Non, ça devait être le fruit de mon imagination. C'était une IA, un ordinateur de vaisseau, comme celui du *Starlight*.

La bouillie verte s'avéra ressembler au risotto, ou peut-être était-elle censée en être. Njal ne connaissait pas le nom de ce plat, alors peut-être avait-il essayé de reproduire un plat terrien pendant qu'il préparait l'enlèvement.

Je ne savais pas quoi penser de lui. C'était un guerrier, effrayant et impitoyable, sans aucun doute, mais il ne semblait pas avoir d'intentions malveillantes à mon égard. Il ne m'avait pas touchée. Enfin, il m'avait plaquée contre le mur, mais il n'avait pas eu de gestes déplacés. Étant donné que nous étions restés seuls dans cette pièce, il aurait eu amplement l'occasion de profiter de moi, mais il ne l'avait pas fait. Il s'était montré courtois – dans un style bourru à la viking – et avait été motivé par la curiosité plutôt que par l'agressivité.

Ceci dit, je ne pouvais pas oublier qu'il m'avait enlevée contre ma volonté. Il m'avait cueillie dans la rue et emmenée à bord de son vaisseau spatial. Et je ne savais toujours pas quel était son objectif final. Comptait-il me garder ici pour toujours ? Me réduire en esclavage ? Me vendre à d'autres extraterrestres ? Ou pire, me forcer à *procréer* ?

Mon appétit disparut aussitôt. Qu'est-ce que je faisais, assise là comme une bonne petite prisonnière ? Il fallait que j'essaie de m'échapper.

Je me levai et j'avançai jusqu'à la porte. Elle ne s'ouvrit pas. Il n'y avait aucune poignée, aucun clavier, rien qui indiquait comment l'ouvrir. Je poussai, puis plaquai mes paumes contre elle et tentai de la faire coulisser, mais rien à faire. J'aurais dû me douter qu'il m'enfermerait à clé.

— Vaisseau, ouvre la porte, ordonnai-je.

— Tu n'as pas l'autorisation, répondit-elle d'un ton impassible.

— C'est une urgence, tu dois ouvrir la porte.

— Merci de définir la nature de l'urgence.

Si je lui disais que j'étais prisonnière, détenue contre ma volonté, est-ce que ça compterait comme une urgence ? Probablement pas.

Je balayai la petite pièce du regard. À part la table et les chaises fixées au sol – ou qui en avait émergé, plus exactement – il n'y avait aucun meuble que je pouvais utiliser pour essayer de casser la porte. Rien pour allumer un feu ou au moins créer de la fumée. Rien qui puisse être utilisé comme arme. Mon regard se posa sur le risotto en bouillie, et une idée germa dans ma tête. Ça ne fonctionnerait probablement pas, mais qu'est-ce que j'avais à perdre ?

Je m'empressai de manger deux cuillerées de riz et de pois trop cuits – c'était étonnamment savoureux malgré la consistance inintéressante – puis je m'empoignai le ventre.

— La nourriture m'a empoisonnée ! J'ai besoin d'assistance médicale ! Ouvre la porte pour que je puisse aller à la... salle médicale.

— Le repas fourni est sans danger pour les Péritens.

Je fusillai l'écran du regard avant de reprendre mon jeu d'actrice. Pour bien faire, je me laissai tomber au sol et me roulai en boule. Je n'eus aucun mal à laisser couler quelques larmes.

— J'ai des allergies, geignis-je. C'est une urgence.

Les secondes passèrent. L'IA faisait-elle des recherches sur les allergies humaines ? Ou avait-elle décidé de m'ignorer ?

Soudain, la porte coulissante s'ouvrit. Sans perdre une seconde, je me levai d'un bond et sortis de la cabine en courant aussi vite que possible.

Cette fois, je bifurquai à gauche plutôt qu'à droite, sprintant dans le couloir à toute vitesse. J'ignorai les portes de chaque côté, partant du principe que les capsules de sauvetage seraient clairement indiquées. Il y avait forcément des capsules de sauvetage. Je n'avais pas vu grand-chose du vaisseau, mais Njal avait mentionné un grand équipage. Ils avaient forcément un moyen de quitter le vaisseau en cas d'urgence.

Je pris un autre virage à gauche, puis encore un autre, en courant aussi vite que possible. Chaque fois que je tournais à l'angle d'un couloir, je m'attendais à voir quelqu'un, mais le vaisseau semblait vide. Est-ce que tout le monde dormait ?

À bout de souffle à ce stade, je regrettais amèrement d'être si peu en forme. Si quelqu'un m'avait dit que j'allais devoir courir pour survivre, j'aurais accompagné Pam à la salle de sport au bout du compte. Mais ce n'est pas comme si on pouvait anticiper de se faire enlever par des extraterrestres.

Prenant un autre virage à gauche – pourquoi pas après tout, ce n'était pas comme si je savais où j'allais – je m'arrêtai devant de grandes portes closes qui s'étendaient sur toute la largeur du couloir. Je m'en approchai mais elles ne s'ouvrirent pas, pas même quand je me mis à les marteler de mes mains. Je fis volte-face, cherchant désespérément une autre issue. J'avais passé trois autres portes plus loin dans ce couloir, mais elles étaient similaires à celle de la cabine de Njal. Intuitivement, je savais qu'aucune d'elles ne mènerait à une capsule de sauvetage.

— Vaisseau, ouvre cette porte, murmurai-je en espérant que l'IA m'entendrait.

— Cela fait-il partie de l'urgence médicale ? répondit la voix désincarnée, qui semblait provenir de partout autour de moi.

— Oui !

En émettant un bruit de froissement, les portes s'ouvrirent. Un souffle d'air chaud me frappa alors que je recommençais à courir. Le couloir ressemblait à ceux que j'avais déjà traversés, sauf que des tuyaux et des câbles apparents longeaient les murs. Je m'empoignai le flanc ; j'avais l'impression que quelqu'un me poignardait. Le dos ruisselant de sueur, je pris de grandes inspirations.

Tellement pas en forme. Une fois rentrée chez moi, j'escomptais m'inscrire à la salle de sport du coin.

Si je rentrais chez moi un jour.

Non, je ne devais même pas penser à ça. Bien sûr que j'allais rentrer chez moi. Si je ne trouvais pas un moyen par moi-même, les Albyens viendraient me sauver. Je serais une parfaite demoiselle en détresse et qui sait, peut-être que mon âme sœur serait l'un de mes sauveurs. Je pourrais vivre mon propre roman d'amour.

Ouais, c'est ça. Je me donnais envie de lever les yeux au ciel.

Plus j'avançais dans le couloir, plus il faisait chaud. Il changeait de direction par moments, mais je n'avais pas encore repéré d'autres portes. Njal avait dit que son vaisseau était petit. Nous avions manifestement des conceptions très différentes de la taille. Je courais depuis une éternité et je n'avais toujours pas atteint le bout du vaisseau. À moins que je sois en train de tourner en rond, mais je n'en avais pas l'impression.

Mes cheveux étaient collés à mon visage sous l'effet de la chaleur et l'épuisement qui me faisaient transpirer comme une folle. Il y avait forcément une capsule de sauvetage quelque part. Par pitié.

Est-ce que ça valait la peine de demander à l'IA ? Elle s'était montrée étonnamment serviable jusqu'à présent. Je me donnai une minute de plus pour arpenter ce couloir apparemment interminable. Un léger bourdonnement flottait dans l'air et l'odeur d'huile était de plus en plus forte. Je me dirigeais probablement vers les moteurs. L'espace d'un instant, je fus tentée de faire demi-tour, mais qui me disait qu'il n'y avait pas de capsules de sauvetage près des moteurs ? À vrai dire, c'était logique que les extraterrestres travaillant là-bas aient accès à un moyen de quitter le vaisseau rapidement.

Le couloir semblait interminable. Ça en devenait ridicule. Il devait bien y avoir une porte à un moment donné. Ça n'avait aucun sens.

Le souffle court, je m'arrêtai enfin.

— Vaisseau, est-ce que tu peux me dire où je peux trouver une capsule de sauvetage ?

— Tu n'es pas autorisée.

Sa voix semblait glaciale.

— S'il te plaît, il n'y a que sur Terre qu'on peut me soigner. Je dois retourner sur ma planète.

Je me recroquevillai vers l'avant, ce qui n'était qu'en partie de la comédie. J'avais les poumons en feu sous le coup de l'effort et de l'air chaud qui m'enveloppait.

— Je t'en prie, vaisseau, je dois m'en aller.

— Fin de la simulation.

Ses paroles ne firent pas tilt immédiatement. Une simulation ? Le couloir disparut. Pendant un moment, une lumière aveuglante m'éblouit jusqu'à ce que mes yeux s'acclimatent. J'étais dans une pièce blanche, complètement vide.

— Mais qu'est-ce qui se passe ?

Trois grands pas me suffirent pour atteindre la porte, que je me mis à la rouer de coups.

— Laissez-moi sortir !

Mais elle demeura fermée.

Que se passait-il ? Comment avais-je pu courir dans ces couloirs pour me retrouver désormais piégée dans une pièce ?

— Vaisseau, dis-moi ce qui se passe !

Ma voix tremblait de rage et de peur. Je ne savais pas quelle émotion dominait.

J'étais tellement épuisée. J'avais réellement couru, ça ne faisait aucun doute. Mais comment avais-je pu courir si j'étais dans cette pièce depuis tout ce temps ? Et comment étais-je arrivée ici ? La cabine de Njal avait-elle été une simulation aussi ?

Je me massai les tempes. Je sentais qu'un mal de crâne arrivait. C'était trop pour moi. J'avais juste envie de rentrer chez moi.

Ma respiration se stabilisait doucement, et la douleur lancinante dans ma poitrine s'atténuait. Mais la sueur sur mon front, mes cheveux mouillés plaqués dessus me prouvaient que j'avais couru.

Je fis les cent pas dans la pièce, ignorant la fatigue qui alourdissait mes jambes. De temps en temps, je criais à Njal et à l'IA de me laisser sortir, mais personne ne répondit jamais. Au bout d'un moment, je me retrouvai par terre, en train d'enlacer mes jambes.

Puis je laissai enfin les larmes couler librement.

8

ᚾᛁᚲᛁᚲᛉ

Njal

Je n'étais pas quelqu'un de bien. J'en étais conscient. Ça ne me plaisait pas de séquestrer la femme, surtout après l'avoir vue pleurer. J'avais été tenté de la laisser sortir, mais je n'avais pas le temps de rester avec elle pour m'assurer qu'elle ne tenterait pas de s'enfuir à nouveau. Pour trouver ma compagne, il fallait que je fasse des sacrifices. Si ça impliquait de séquestrer cette femme pendant un certain temps, tant pis. Tout ceci en vaudrait la peine en fin de compte.

Je me détournai de l'écran.

— Tu es sûr que tu ne veux pas que l'un de nous s'occupe d'elle ? demanda Errik, en jetant un coup d'œil par-dessus mon épaule.

— Non, grognai-je, surpris par ma propre férocité.

Curieusement, l'idée que l'un des autres hommes soit seul avec Steff m'emplissait de rage. Peut-être était-ce parce que mon corps et mon esprit se préparaient à l'arrivée de ma compagne. On appelait ça le fýst, le désir croissant entre âmes sœurs qui passait de la convoitise à la pulsion féroce. Les Vikingar mâles devenaient toujours extrêmement protecteurs vis-à-vis de leurs compagnes au cours des premiers jours. Nous finirions probablement dans ma cabine pendant des jours, porte verrouillée, mon sexe enfoui en elle, ma semence déposée inlassablement dans son ventre.

J'avais hâte de rencontrer ma compagne. Pendant longtemps, je m'étais simplement contenté de piller et combattre, mais perdre ma planète avait tout mis en perspective. Je brûlais d'envie d'avoir une compagne à présent, pas seulement sexuellement, mais au plus profond de mon cœur. Je voulais une femelle avec qui partager ma vie. Quelqu'un qui apprendrait à me connaître mieux que personne – et qui ne partirait pas en hurlant une fois qu'elle aurait découvert quel genre de personne j'étais.

— Est-ce que quelqu'un a répondu à notre enregistrement ? demandai-je à Torsten.

— Non. Même si je ne crois pas qu'on puisse s'attendre à une réponse amicale. Ils pourraient ne rien répondre avant d'arriver jusqu'à nous, en espérant avoir l'avantage de la surprise.

J'émis un petit rire sinistre.

— Ils n'ont aucune idée de ce qui les attend.

Nous avions diffusé une vidéo de la Péritenne sur toutes les fréquences que nous savions utilisées par les Albyens. Elle avait une mine épouvantable sur les images, l'air vulnérable et effrayée. C'était parfait pour atteindre nos objectifs, mais ça m'avait grandement déplu. J'avais dû lutter contre l'impulsion d'accourir dans la salle de simulation et de la serrer dans mes bras. Tout ceci servait une cause plus grande, me rappelai-je. Une fois que j'aurais trouvé ma compagne, je comptais dédommager Steff pour ses malheurs. J'avais plus d'argent que je n'en aurais jamais besoin, donc lui en donner une partie me semblait une bonne idée.

Mais d'abord, nous avions besoin qu'un vaisseau albyen morde à l'hameçon.

Je faisais les cent pas dans le centre de commandement quand Torsten me demanda sèchement de m'asseoir, en me disant que ça l'empêchait de se concentrer sur son travail. Si l'un des autres m'avait parlé sur ce ton, je l'aurais mis aux ceps pendant une semaine, mais il avait le rôle le plus important de tout l'équipage en ce moment. Ses algorithmes tournaient toujours, essayant de nous trouver des compagnes adéquates. La nouvelle stratégie, à savoir convaincre un scientifique albyen de partager leur méthode avec nous, finirait peut-être par échouer. Si elle fonctionnait, ses chances de succès seraient probablement plus élevées, car les Péritens n'avaient plus de secrets pour eux et ils savaient quoi chercher. Torsten, qui n'avait jamais rencontré de Périten, élaborait ses algorithmes de recherche à partir de rien.

Je serrai les poings. Je commençais à m'impatienter. Un désir intense me consumait de l'intérieur, un désir ardent qui ne pouvait être satisfait que par ma compagne. Il fallait que je me dépêche de la trouver. Je craignais déjà que mes décisions ne soient pas rationnelles. En tant que capitaine du *Valkyr*, mon équipage comptait sur mon sang-froid, mais comment étais-je censé me concentrer quand je pouvais presque *sentir* que ma femelle m'attendait là-bas dehors ?

Ma conversation avec Steff avait réveillé quelque chose, un instinct endormi qui était à présent sur le qui-vive. Ce qui confirmait que mon âme sœur se trouvait peut-être parmi les Péritens, autrement pourquoi notre rencontre aurait-elle eu cet effet sur moi ?

Trois bips successifs nous signalèrent l'arrivée d'une transmission.

— Projette-la sur l'écran principal, ordonnai-je avant que Torsten ait le temps d'annoncer qui nous appelait.

— Oui, capitaine.

L'image vacillante d'un Albyen apparut à l'écran.

— Augmente le signal, ordonnai-je en l'observant attentivement.

Les deux paires de bras étaient croisées devant sa poitrine, une attitude parfaitement raccord avec l'air renfrogné de son visage pâle. La teinte de sa peau était nettement plus claire que celle de Steff. Sans sa deuxième paire de bras et les antennes nuptiales sur son front, on aurait pu croire qu'il s'agissait d'un Périten.

— Ici Donail du clan Maclen, capitaine de l'*Islay*, dit froidement l'homme. Que signifie votre diffusion ? Pourquoi avez-vous pris la Péritenne en otage ?

Son visage ne trahissait aucune émotion. Derrière lui, deux autres Albyens adoptaient la même posture, debout, bras croisés, torse nu. Ils portaient des kilts à carreaux, l'un vert, et l'autre bleu. Les kilts étaient trop colorés à mon goût, trop criards pour un vrai guerrier.

— On nous a dit que la Péritenne était importante pour vous, dis-je d'une voix tout aussi froide, sans prendre la peine de me présenter. Si vous voulez la récupérer, envoyez un scientifique albyen impliqué dans vos recherches de compagnes à bord de notre vaisseau.

Donail fronça légèrement les sourcils.

— Ceci est un vaisseau de commerce. Et même si nous avions des scientifiques à bord, nous ne cédons pas aux exigences des pirates.

Je me gardai de rectifier son hypothèse. Les gens confondaient souvent les pillards vikingar tels que nous avec des pirates.

— Libérez la femme immédiatement, ou vous en subirez les conséquences.

— Elle va rester où elle est, répondis-je.

Je ne me sentais absolument pas menacé. Sur l'écran plus petit devant moi, s'affichait l'évaluation des armes et défenses de leur vaisseau. Notre armement surpassait celui de l'*Islay*, et nos boucliers pouvaient facilement résister à leurs attaques. Pour un vaisseau militaire, ils n'étaient pas très bien équipés.

Je mis fin à la transmission et demandai à mon équipage :

— Est-ce qu'on sait déjà s'il dit la vérité ? Quelqu'un a piraté leur manifeste d'équipage ?

— Il ment, confirma Torsten. Il y a deux scientifiques inscrits dans le manifeste. Et j'ai trouvé autre chose. Le vaisseau est à destination de la ville péritenne de Glasgow, près de l'endroit où tu as trouvé la femme. Ils se rendent peut-être à cette agence nuptiale.

— Mon hamingja est vraiment revenue, souris-je. La chance est à nouveau de notre côté. Et leurs boucliers ? Est-ce qu'on peut les pirater pour téléporter les scientifiques à bord du *Valkyr* ?

Rune émit un son évasif.

— Je peux essayer, mais ça va prendre du temps. Et il faudrait qu'on se rapproche d'eux, ce qui est peut-être exactement ce qu'ils espèrent.

— Le *Valkyr* résistera à toutes les attaques qu'ils sont susceptibles de lancer, dis-je avec assurance. Changeons de cap et rapprochons-nous d'eux. On mettra la main sur ces scientifiques d'une manière ou d'une autre. Activez l'alerte du raid.

Un énorme vrombissement emplit le centre de commandement alors même que des lumières orange commençaient à clignoter, signalant à l'équipage partout à bord du *Valkyr* de se préparer. Je savais que tout le monde était impatient de participer à une bonne attaque.

Mon attention se reporta brusquement sur les images de la salle de simulation. Steff levait les yeux vers les lumières orange, l'air terrorisée. Je dus lutter contre l'instinct d'accourir auprès d'elle. Elle n'était pas une priorité dans l'immédiat. Néanmoins, je ne pus résister à l'envie d'activer les haut-parleurs de la salle de simulation.

— Il n'y a rien à craindre, lui dis-je en la regardant se redresser au son de ma voix. On n'est pas en train de subir une attaque. On se prépare seulement pour un raid. Tu seras en sécurité dans la salle de simulation. Si tu as besoin de nourriture ou d'encore plus d'H2O, dis-le au *Valkyr* et il t'en fournira.

— Combien de temps est-ce que vous allez me garder ici ? demanda-t-elle d'une voix pleine de colère et de ressentiment.

— Je viendrai te voir après le raid, lui promis-je avant de mettre fin à la communication.

Je pris conscience que mon équipage me dévisageait.

— Quoi ?

Ils se retournèrent tous vers leurs consoles, mais Torsten ricana discrètement. S'il n'était pas si indispensable, je l'aurais viré du centre de commandement.

— Nous atteindrons l'*Islay* dans environ deux heures IG, annonça Errik. À moins qu'ils changent de cap, que ce soit pour fuir ou pour attaquer.

Deux heures. Je pourrais passer ce temps avec Steff... mais non, cette femelle était sans importance. Je devais me concentrer sur ma recherche de compagne. Et Steff n'avait pas été d'une grande aide sur ce plan. Elle s'était montrée réticente à répondre à mes questions et avait mis en danger mes perspectives de procréer. Il valait mieux que je reste loin d'elle.

Mais mon regard était constamment attiré par l'écran. Steff tenait maintenant une corne à boire et buvait de petites gorgées.

— *Valkyr*, livre une couverture et des coussins dans la salle de simulation, ordonnai-je.

La température y était idéale, donc ce n'était pas vraiment nécessaire, mais Steff semblait avoir besoin de réconfort. Puisque je ne pouvais pas être là pour la serrer dans mes bras, une couverture allait devoir faire l'affaire.

Je serrai les poings. Mes instincts de reproduction partaient dans tous les sens. C'était mal de désirer toucher une femelle qui n'était pas ma compagne. Il fallait que je me concentre. Alors j'éteignis l'écran, écartant ainsi la tentation de fixer Steff pendant des heures et d'admirer sa beauté.

Le vaisseau albyen ne fuyait pas. Il se dirigeait droit sur nous, ce qui réduisait notre temps de trajet à un peu plus d'une heure IG. Tout le monde était sur le pied de guerre. Ma hache préférée était à mes côtés, prête à verser le sang si nécessaire.

— Diffuse une annonce dans tout le vaisseau, ordonnai-je.

Puis j'attendis que la petite lumière bleue apparaisse, me signalant que tout le monde sur le *Valkyr* pouvait désormais m'entendre.

— Vikingar ! Nous sommes sur le point d'aborder un vaisseau albyen. Le but est de se téléporter discrètement sur le vaisseau et de trouver deux scientifiques. Une fois que nous les aurons récupérés, vous pourrez prendre tout le butin que vous souhaitez. Limitez les pertes au minimum. Nous ne voulons pas que l'Autorité intergalactique s'en mêle, pas tant que nous sommes proches de Péritus. Vous savez tous ce qui est en jeu. Donc nous allons faire en sorte que cette attaque soit rapide et efficace. Que les ancêtres vous prêtent leur force !

Les cinq hommes dans le centre de commandement lâchèrent des rugissements d'approbation. Je savais que le reste de mon équipage faisait de même, où qu'ils soient sur le *Valkyr*.

Rune n'avait pas réussi à pirater leurs boucliers à temps, mais je préférais de loin une véritable attaque au fait de simplement téléporter les scientifiques. Nous étions des Vikingar. Nous étions nés assoiffés de combat.

— Cinq clics, annonça Errik. Leurs boucliers sont activés et leurs armes sont prêtes.

— Parfait. Ça fait longtemps qu'on n'a pas eu droit à une bonne fusillade.

L'espace d'un instant, je pensai à Steff dans la salle de simulation, seule et effrayée. Mais je résistai à la tentation de regarder à nouveau les images de surveillance. Je ne pouvais pas me laisser distraire. J'avais une attaque à mener. Dès que nous aurions récupéré les scientifiques, dès qu'ils nous auraient dit comment trouver nos propres compagnes parmi les Péritens, je serais en mesure de la laisser partir. Pour l'instant, il fallait qu'elle reste où elle était. Elle serait en sécurité dans la salle de simulation, loin de mon équipage assoiffé de sang.

Rune avait récupéré son bouclier et l'avait mordu pour libérer les toxines stimulatrices d'adrénaline emprisonnées dans le bois. Très peu de Vikingar utilisaient encore des boucliers en bois, mais Rune était un berserkr traditionnel. C'était un honneur de le compter parmi les membres de mon équipage et de combattre à ses côtés.

— Tout le monde est prêt ? demandai-je.

Je fus une fois de plus accueilli par un tonnerre de rugissements. Mes guerriers se plongeaient dans une frénésie de combat. Je saisis ma hache et fis un signe de tête à Torsten.

— Je te laisse le centre de commandement.

Il n'était pas ravi d'avoir tiré la courte paille, mais il inclina la tête en réponse.

— Entendu. Bonne chance, capitaine.

Je n'en avais pas besoin. J'avais retrouvé mon hamingja. C'était elle qui était responsable de la chance qui nous souriait enfin.

Je conduisis mes guerriers vers le sas de téléportation, où le reste de l'équipage nous attendait déjà. Je comptai rapidement nos effectifs. Tout le monde était là. Torsten restait au centre de commandement, et Hjalmar à l'ingénierie. Il était rare que je laisse seulement deux Vikingar sur le vaisseau, mais nous n'avions pas mené d'attaque depuis un certain temps. Tout le monde avait hâte de verser le sang et de briser des crânes.

— Souvenez-vous : les scientifiques sont notre priorité, leur rappelai-je. Dès qu'on les aura localisés, on les téléportera à bord du *Valkyr*. Les cellules de détention ont été préparées pour que les Albyens puissent y être téléportés directement. Ensuite, montrez-leur ce qui arrive quand on se frotte aux Vikingar – mais pas de massacre, si on peut l'éviter. Je veux que tout le monde soit de retour sur le *Valkyr* dans une heure IG. Compris ?

— Oui, capitaine ! rugirent-ils, regards flamboyants et armes brandies.

La moitié de mes guerriers arboraient les lames anciennes de leurs familles, en fer et en acier, tandis que le reste préférait des haches et des épées augmentées par la technologie. Quelques-uns avaient une arme à feu à la ceinture, mais la plupart des Vikingar ne les utilisaient qu'en cas d'urgence. Nous préférions le combat au corps à corps qui nous permettait de voir la peur dans les yeux de l'ennemi. Les armes à feu étaient pour les faibles.

En jetant un dernier regard à mon équipage, j'appuyai sur un bouton et tout devint blanc.

9

ᚾᛁᛣᛁᛣᚼ

Steff

J e faisais les cent pas dans la pièce, la couverture jetée sur mes épaules comme une cape. Je n'avais pas froid, mais ça me procurait un peu de réconfort. Combien de temps s'était écoulé depuis la dernière fois où Njal m'avait parlé ? Une heure ? Deux ? Difficile à dire.

Je m'ennuyais à mourir. J'avais demandé au vaisseau de mettre de la musique, mais il avait refusé. La seule chose que cet abruti de vaisseau offrait volontiers, c'était l'eau et la nourriture. Alors j'avais commandé un buffet entier, de quoi nourrir tout un village. Des assiettes et des bols étaient empilés le long d'un mur, ajoutant un peu de couleur à cette pièce qui sans cela était bien insipide. Je n'avais fait que picorer, n'ayant pas le moindre appétit, mais j'avais continué à en commander simplement pour avoir quelque chose à faire – et j'étais sûre que ça agacerait Njal, une fois qu'il l'aurait découvert.

— Vikingar ! Nous sommes sur le point d'aborder un vaisseau albyen. Le but est de se téléporter discrètement sur le vaisseau et de trouver deux scientifiques.

La voix du capitaine venait d'un haut-parleur invisible quelque part près du plafond. Je levai les yeux, fusillant du regard la lumière orange clignotante qui était apparue un instant plus tôt. Que faisaient-ils ? Impossible qu'ils attaquent les Albyens. Ils n'avaient aucune chance. À moins que je me trompe ? Njal semblait avoir pleinement confiance dans les aptitudes de son peuple. Mais j'avais assisté aux entraînements des Albyens quand j'avais visité leur planète. Leurs guerriers, qui se déplaçaient à une vitesse que l'œil ne pouvait percevoir, n'étaient que muscles et concentré de force. Avec leurs quatre bras, ils avaient un avantage indéniable sur quiconque possédait seulement deux bras. Comme les Vikingar, par exemple. Et de quoi parlait Njal, « trouver deux scientifiques » ?

— ... limitez les pertes au minimum. Nous ne voulons pas que l'Autorité intergalactique s'en mêle, pas tant que nous sommes près de Péritus.

Au moins, nous étions encore proches de la Terre. C'était une petite goutte de positif dans un océan de mauvaises nouvelles. On aurait dit qu'ils allaient se battre. Limiter les pertes au minimum... ça ne me rendait pas très optimiste quant à leur capacité à résoudre leurs conflits sans effusion de sang.

Je ne savais même pas qui je souhaitais voir gagner. Évidemment, les Albyens étaient mes alliés, mais si les Vikingar perdaient, les Albyens sauraient-ils que j'étais sur ce vaisseau ? Viendraient-ils me sauver, ou étais-je condamnée à rester coincée dans cette pièce jusqu'à ce que je meure de faim ? Et si les Vikingar gagnaient, que feraient-ils aux scientifiques albyens ? Que pouvaient-ils bien vouloir d'eux ?

Je faisais les cent pas inlassablement, en abattant occasionnellement la main sur les murs blancs. J'avais presque envie que le vaisseau lance une autre simulation, rien que pour tromper l'ennui. J'avais horreur de ne pas savoir ce qui se passait, de n'avoir aucun contrôle sur mon destin. Tout ce que je pouvais faire, c'était manger, boire, m'asseoir et dormir. Mais j'avais arrêté de boire de l'eau après avoir compris que je n'avais nulle part où me soulager. Ma vessie était déjà atrocement pleine. J'aurais dû y penser plus tôt. C'était déjà assez pénible comme ça d'être piégée ici ; je ne voulais pas en plus perdre toute dignité en étant contrainte d'uriner dans une des cornes vides.

— Vaisseau, est-ce que tu peux me mettre un film ? essayai-je.

Aucune réponse.

— Vaisseau, mets de la musique.

Silence.

— Vaisseau, laisse-moi sortir.

Évidemment, rien ne se passa. Je ne savais même pas pourquoi j'essayais.

Je me rassis par terre. Le sol était légèrement spongieux, pas aussi dur qu'il en avait l'air. Depuis quelques heures, j'essayais de comprendre comment la simulation avait fonctionné. J'avais couru à m'en brûler les poumons, mais comment était-ce possible dans cette pièce ? Quand la réalité s'était-elle transformée en simulation ? Je supposais que c'était arrivé lorsque j'avais franchi ces doubles portes. Il était possible que la chaleur et les odeurs aient été créées artificiellement, mais ça n'expliquait pas comment j'avais pu courir sans me cogner contre les murs. Mon hypothèse actuelle était que toute la pièce n'était qu'un tapis de course géant, mais je n'avais aucun moyen de la vérifier.

Je serrai la couverture plus étroitement autour de mon corps. Pour le réconfort, pas pour la chaleur. De mon buffet extravagant de nourriture extraterrestre, émanait un mélange chaotique d'odeurs qui éveillait mon appétit. Peut-être étais-je finalement disposée à manger quelque chose.

Aucun des plats ne m'était familier. Les couleurs criardes de certains d'entre eux ne donnaient pas du tout envie, mais d'autres m'évoquaient des fruits et légumes. Je tendis la main vers un bol contenant de petits morceaux de ce qui ressemblait à du pain orange – quand soudain, il y eut un « ploc ! » derrière moi, suivi d'un souffle d'air froid.

Avant même de me retourner, je savais que je n'étais plus seule, car je percevais intuitivement cette présence inconnue. Je me levai précipitamment, gênée par la couverture.

— On la tient, dit une voix familière.

Puis mon environnement se dissipa.

Des bras puissants me stabilisaient tandis que la pièce commençait lentement à devenir plus nette. Je n'étais plus dans ma prison blanche. Cette pièce, aérée et tout en courbes, avec ses sièges confortables aux couleurs vives, était bien plus accueillante. J'en reconnus le style avant même d'intégrer les personnes à côté de moi. C'était un vaisseau albyen. Et autour de moi se trouvaient quatre guerriers albyens, armes dégainées, regards alertes, et torses très, très nus. Ils ne portaient que des kilts traditionnels albyens, dont chaque tartan représentait un clan différent, tout comme les kilts écossais sur Terre.

Un Albyen entra dans mon champ de vision, et me salua de manière formelle en levant sa main droite supérieure devant son front.

— Donail ! m'exclamai-je avant qu'il ait le temps de dire quoi que ce soit. Qu'est-ce que tu fais ici ? Comment tu m'as trouvée ?

C'était le capitaine de l'*Islay*, un vaisseau albyen qui faisait souvent des commissions entre nos deux planètes. Je l'avais déjà rencontré à plusieurs reprises, principalement au cours de réunions de Hot Tatties. Plusieurs membres de son équipage avaient trouvé leur moitié grâce à notre agence. Donail lui-même était encore célibataire, mais il était sur notre liste, et j'étais sûre que ce n'était qu'une question de temps avant qu'on lui trouve une compagne. N'importe quelle femme pourrait s'estimer heureuse d'être compatible avec Donail. D'une beauté masculine et sauvage, il se démarquait même de tous les autres Highlanders extraterrestres sexy.

— Tes ravisseurs ont diffusé un message, expliqua-t-il. Je n'en croyais pas mes yeux quand j'ai compris que c'était toi. On est venus aussi vite que possible. Est-ce qu'ils t'ont fait du mal ?

— Non, tout va bien. Où sont-ils maintenant ? Ils ont dit qu'ils allaient attaquer votre vaisseau.

Donail eut un grand sourire sardonique.

— Ils attaquent un vaisseau. Pas celui-ci. Mais ils vont comprendre très bientôt qu'on les a dupés, donc il faut se dépêcher. On va te ramener sur Péritus, où tu seras en sécurité, puis on prendra notre vengeance sur les Vikingar.

Ses hommes lâchèrent des grognements approbateurs, clairement impatients d'en découdre. Les Albyens n'étaient ni des conquérants ni des pirates, ils ne cherchaient pas le combat, mais ils l'accueillaient à bras ouverts – tous les quatre – quand il se présentait.

Donail me guida vers un fauteuil confortable, mais resta debout.

— Est-ce qu'ils ont dit pourquoi ils t'avaient enlevée ?

Je secouai la tête.

— Pas vraiment. C'est très étrange. Il – je parle de Njal, leur chef – m'a posé beaucoup de questions sur les humains, surtout sur les femmes. Je craignais qu'il envisage d'envahir la Terre, mais il n'arrêtait pas de me dire que ça ne l'intéressait pas. Non pas que je croie un mot de ce qu'il a pu dire.

— Les Vikingar sont connus pour mentir rarement, dit Donail d'un air songeur. Il a peut-être dit la vérité. Quand je lui ai parlé, il voulait qu'on lui cède des scientifiques albyens en échange de ta libération. Je me demande s'il essaie de trouver sa moitié. Il a peut-être entendu parler du succès du partenariat albo-périten.

— Mais dans ce cas, il aurait pu simplement contacter Hot Tatties. On reçoit des demandes d'autres extraterrestres presque tous les jours. Bien sûr, on est contraintes de les rejeter, mais... oh !

— Ouais. C'est peut-être pour ça. Il pense qu'ils n'ont aucune chance en empruntant la voie légale, alors ils agissent comme avec leurs manières de Vikingar bornés. Parfois, je me demande s'ils sont capables de réfléchir rationnellement. Je suis désolé de ce que tu as dû endurer, Steff. Mais tu es en sécurité à présent. On va te ramener chez toi.

La perspective de rentrer chez moi était réjouissante. Jusqu'à ce que je prenne conscience que je n'étais pas en sécurité là-bas.

— Et s'ils reviennent me chercher ? Et s'il m'enlève à nouveau ? Ce n'est pas comme si quelque chose les en empêchait. Et...

Un Albyen fit irruption dans la pièce et tous les regards se braquèrent vers lui.

— Ils ont compris la ruse. On est attaqués.

ⴑ|ᚱ|ᚱᛏ

Njal

R ien ne se passait comme prévu. En fait, tout était en train de partir à vau-l'eau. Le vaisseau albyen était vide, mais il nous avait fallu plusieurs clics pour nous en rendre compte. Ils avaient parfaitement réussi à tromper nos scanners. Je ne savais pas comment ils avaient fait, mais j'allais bien finir par le découvrir.

J'étais entouré par une horde de Vikingar assoiffés de sang et déçus quand je reçus un appel du centre de commandement du *Valkyr*.

— Elle a disparu.

Torsten semblait abattu. Je n'avais pas besoin de demander de qui il parlait. Les deux seuls membres féminins de mon équipage étaient à bord du vaisseau albyen avec moi.

— Eh bien, retrouve-la, grognai-je. Elle ne peut pas être allée bien loin.

— Tu ne comprends pas. Elle ne s'est pas enfuie. Elle a été enlevée.

Mon cœur fit un bond. Enlevée. Ce devait être un coup des Albyens. Ils nous avaient dupés bien au-delà de ce que j'avais imaginé. *Skitr*. Une fois que je leur aurais mis la main dessus, j'allais leur arracher les entrailles. Je...

— J'essaie de la localiser. Heureusement que tu l'as scannée quand elle était inconsciente. On a sa biosignature.

— On va revenir sur le *Valkyr*, dis-je d'une voix grave. Il n'y a personne sur ce vaisseau. Ils sont partis à la hâte. Scanne les vaisseaux alentour ; ils ont peut-être pris une navette ou une capsule de sauvetage.

— Je m'en occupe. Pas de butin du tout ?

— Rien qui vaille la peine de passer plus de temps ici.

Ce n'était pas tout à fait exact. Nous n'avions même pas regardé ce que les Albyens transportaient dans leur soute. Nous nous étions concentrés sur la recherche des scientifiques étrangers, et maintenant que je savais que Steff avait été enlevée, j'étais incapable de me concentrer sur le pillage. Le butin était sans importance. Nous faisions partie des personnes les plus riches de la galaxie. Nous pillions seulement parce que c'était dans notre nature, notre culture, et que ça faisait partie de notre histoire. Et dans l'immédiat, je me fichais complètement de voler le cargo des Albyens.

Je réglai nos coordonnées pour revenir au sas de téléportation du *Valkyr* avant d'activer le faisceau de téléportation. Un instant plus tard, nous étions revenus sur mon vaisseau. Je me précipitai vers le centre de commandement aussi vite que possible, ignorant les questions de mon équipage. Elles pouvaient attendre. Rien n'était aussi important que de retrouver Steff.

J'arrivai au centre légèrement essoufflé. Le visage de Torsten était grave lorsqu'il leva les yeux de sa console.

— Je ne sais pas comment ils ont fait. Aucune alarme ne s'est déclenchée. Leur technologie de camouflage doit être encore meilleure que la nôtre. Ils sont venus, se sont téléportés directement dans la salle de simulation, ont pris la femelle et sont repartis. Regarde les images de surveillance.

Je vis trois Albyens apparaître derrière Steff. Ils n'étaient restés à bord du *Valkyr* que quelques clics, mais comment avaient-ils fait pour ne pas déclencher d'alarme ? Je pensais que notre sécurité était impénétrable. Certes, nos boucliers avaient été désactivés pour nous permettre de nous téléporter sur le vaisseau albyen, mais il aurait dû y avoir suffisamment d'autres obstacles pour les arrêter.

Le goût métallique du sang m'emplit la bouche. J'avais serré les dents si fort que mes incisives avaient percé ma lèvre inférieure. J'avalai, savourant ce goût familier. J'étais un Vikingr. Personne ne me volait impunément. Ces Albyens allaient me le payer.

Autour de moi, chaque membre de mon équipage prenait son poste, pendant que j'étudiais inlassablement les images sous différents angles. Steff n'avait jamais vu les intrus, mais elle avait entendu Donail. Son expression était passée de la surprise à la reconnaissance, elle n'avait pas eu peur. Elle connaissait ce mâle ; j'en étais sûr. Ce qui ne faisait qu'amplifier ma colère.

La regarder se dissoudre dans le néant quand ils s'étaient téléportés du *Valkyr* me fit pousser un grognement de fureur contenue. Elle était partie, hors d'atteinte. Mais je comptais bien la ramener, peu importe combien d'Albyens j'allais devoir tuer. Je ne retiendrais plus mes coups. Ils nous avaient volés. Ils m'avaient volé, moi. Et ils le paieraient par le sang.

— Aucun signe d'eux ? demandai-je entre mes dents.

— Aucun, rapporta Rune sans se retourner. C'est comme s'ils étaient invisibles. Ils ne peuvent pas être allés bien loin, pas sans leur vaisseau principal. Tu penses qu'ils vont l'emmener à Albya ?

— Elle n'arrêtait pas d'insister pour qu'on la ramène sur Péritus, donc j'en doute. Si on ne trouve pas leur vaisseau, on fera cap sur Péritus. S'ils la ramènent dans la colonie où je l'ai trouvée, ce sera facile de l'enlever une deuxième fois.

— Ou une troisième, si on compte l'enlèvement des Albyens, plaisanta Errik. Mais pourquoi est-ce qu'on se concentre sur elle ? On a besoin des scientifiques albyens, pas d'une femelle lambda.

Une fureur dévorante m'envahit, et je dus saisir les bords de ma chaise pour m'empêcher de l'attaquer. Il avait raison ; une infime partie de moi le savait, alors pourquoi étais-je si en colère à l'idée de ne jamais la revoir ? Pas seulement en colère, dévasté. Je n'avais pas eu l'occasion de lui dire au revoir.

— Oui, pourquoi c'est important de savoir où ils l'ont emmenée ? demanda Torsten.

— Parce que les scientifiques seront avec elle, répliquai-je sèchement. Vous avez vu des Albyens à bord du vaisseau qu'on vient d'attaquer ? Ils sont tous ensemble. Je doute qu'ils se contentent de la téléporter chez elle. Ils vont l'y emmener personnellement. Soit on capture la femelle, soit des Albyens pour avoir un moyen de pression.

Rune se tourna vers moi, en me dévisageant curieusement.

— Je ne comprends toujours pas pourquoi on se focalise autant sur les Albyens. Torsten est en train d'élaborer une IA capable de trouver nos moitiés. On doit juste être un peu patients.

— À ce propos...

Torsten se racla la gorge, l'air mal à l'aise.

— J'ai peut-être sous-estimé la difficulté que ça représente d'élaborer un tel algorithme. Je me suis rendu compte que je n'ai pas assez de données sur les Péritens. Avec les informations que j'ai, il faudra un certain temps pour finir l'IA.

— Un certain temps ? demandai-je.

— Des semaines. Ou plus. Et il n'y a aucune garantie que ce sera parfaitement précis.

Torsten baissa la tête.

— Je suis désolé, capitaine. J'ai surestimé mes capacités.

Ces excuses ne laissaient rien présager de bon. Torsten était un Vikingr fier, comme nous tous. Le fait qu'il admette avoir échoué à tenir ses promesses... Ça signifiait probablement qu'il lui faudrait plus que quelques semaines pour trouver une solution. Nous allions peut-être finir par attendre des mois – sauf que nous ne pouvions pas rester aussi longtemps en orbite autour de Péritus. Les satellites de l'UIG finiraient par nous détecter.

— On a besoin des Albyens, dis-je fermement, faisant très clairement comprendre que c'était ma décision finale. Scannez leur vaisseau et faites cap sur Péritus en même temps. Si on ne trouve pas leur vaisseau en route, on les interceptera chez la femelle.

Mon équipage se mit aussitôt en action, heureux d'avoir quelque chose à faire. Il leur faudrait un moment pour oublier cette attaque ratée. Quelle humiliation. Plus tard, j'allais découvrir comment on nous avait dupés et qui était responsable. Mais pour l'instant, mon attention était braquée sur Steff. Ses cheveux bouclés, de la couleur de l'espace entre les étoiles, sa peau de la couleur du sable de Valendis, ses yeux pleins d'énergie et de défi... Je chassai cette image de mon esprit. Je serais incapable de me concentrer si je continuais à penser à elle. Alors, à la place, je me focalisai sur les scientifiques albyens, qui seraient en mesure de nous guider vers nos moitiés. Ma propre femelle. Qui n'était pas Steff.

Cette pensée me semblait inexacte. Pourquoi aurais-je voulu d'une autre femelle qu'elle ?

Mais non, mon esprit était troublé par tout ce qui s'était passé. Steff ne pouvait pas être ma moitié. Quelle en était la probabilité ? C'était impossible. Elle n'était qu'une femme enlevée au hasard, rien de plus. Ce que j'aimais chez elle, c'était la promesse de trouver ma véritable compagne. Je projetais mes espoirs et mes rêves sur Steff. Oui, ça devait être ça. Mon corps se préparait à rencontrer ma moitié, au début du fýst, ce qui m'empêchait de réfléchir de façon rationnelle.

Et pourtant... je ne pouvais nier que j'avais envie de la revoir. De la toucher, la sentir, la baiser.

Non. C'était mal.

Je me levai et quittai le centre de commandement, en enjoignant à mon équipage de me prévenir s'ils détectaient la moindre trace du vaisseau albyen.

J'avais besoin d'une douche froide et de temps pour réfléchir.

11

ᚾᛁᚱᛁᚱᚼ

Steff

Être à bord du vaisseau albyen était tout le contraire de mon séjour sur le *Valkyr*. Je pouvais déambuler seule, tout le monde était aimable et serviable, et j'étais une invitée d'honneur plutôt qu'une prisonnière. Je n'avais rencontré que quelques Albyens auparavant, mais ils me connaissaient tous. Certains d'entre eux me traitaient presque avec révérence, car ils savaient que je participais aux efforts visant à leur trouver des compagnes. Quelques-uns tentèrent de contourner la file d'attente en me demandant comment ils pouvaient augmenter leurs chances d'être branché avec une humaine, mais j'y étais habituée à ce stade. Dans l'ensemble, c'était un voyage agréable.

Donail m'avait expliqué comment ils avaient réussi à duper les Vikingar. Il avait ri en me racontant l'histoire, et je ne pus m'empêcher de sourire en imaginant à quel point les aliens avaient dû être perplexes et furieux en trouvant un vaisseau désert. L'*Islay* était encore à la dérive quelque part dans l'espace, mais il avait été programmé pour rejoindre le *Berneray*, le vaisseau sur lequel nous étions actuellement, dès qu'on m'aurait déposée. Le *Berneray* était un croiseur furtif dernier cri qui était resté sous les radars des Vikingar. L'équipage de l'*Islay* avait abandonné le vaisseau dès que les Vikingar s'étaient approchés, tendant ainsi un piège aux assaillants. S'ils n'avaient pas craint que les Vikingar détectent le *Berneray* si ce dernier restait trop longtemps dans les parages, ils auraient livré bataille contre les Vikingar pour venger mon enlèvement, mais Donail avait décrété que la priorité était de me ramener chez moi. J'étais d'accord avec lui. Je ne voulais pas qu'il y ait de carnage à cause de moi. Jusqu'à présent, les rapports avaient toujours été pacifiques entre les deux espèces, et je ne voulais pas être la cause d'un conflit ou d'une guerre.

Je m'assis dans le salon d'observation, admirant le petit point bleu qui grossissait à vue d'œil, quand un Albyen me rejoignit. Il portait le tartan indigo du clan Monadh, mais c'était la seule chose que je reconnaissais chez lui.

— Je m'appelle Clefft, se présenta-t-il d'une voix douce. Je pense que nous avons échangé quelques fois.

— Clefft ! Oui, bien sûr. Enchantée de te rencontrer enfin.

C'était l'un des scientifiques albyens qui travaillaient en coulisse pour rendre notre processus de correspondance plus efficace. Les Albyens avaient découvert un marqueur ADN que l'on trouvait chez eux ainsi que chez les humaines, et s'il s'agissait exactement de la même séquence, ça signifiait que deux individus étaient des âmes sœurs. C'était curieux de constater que nos deux espèces avaient ce marqueur en commun, et Clefft avait mentionné dans nos échanges d'emails qu'il se demandait si c'était aussi le cas pour d'autres extraterrestres.

— Pareillement. Je suis curieux de savoir ce que les Vikingar te voulaient.

Il s'assit à côté de moi et me tendit ses quatre bras. Ah, il n'avait clairement pas encore rencontré beaucoup d'humains en personne. Je serrai une de ses mains, amusée par son sourire enthousiaste.

— Il voulait en savoir plus sur les humaines – les Péritennes, je veux dire.

— C'est bien ce que je pensais. Avec leur planète disparue, je parie que les Vikingar ont cruellement besoin de trouver des compagnes.

— Attends, quoi ?

Le sourire de Clefft disparut.

— Ils ne t'en ont pas parlé ? Leur planète a été détruite il y a deux rotations IG. Je ne sais pas quelle en était la cause, mais je me souviens du choc que tout le monde a ressenti quand c'est arrivé. Une planète entière, un milliard de personnes, disparues en un instant. Personne n'a survécu sur la planète. Aujourd'hui, les seuls survivants sont ceux qui vivaient sur d'autres planètes ou voyageaient dans l'espace au moment de la catastrophe.

Mon cœur se serra. Soudain, toute la colère que je ressentais envers Njal et les autres Vikingar fut remplacée par une profonde tristesse. Je n'arrivais même pas à concevoir l'idée qu'une planète entière puisse cesser d'exister. Un milliard de personnes... ça dépassait mon entendement et mon imagination. Mais ça expliquait certaines choses. La curiosité de Njal vis-à-vis des humaines. Le fait qu'il n'ait aucun intérêt à envahir la Terre. Ils n'étaient probablement plus assez nombreux pour mener à bien une telle invasion.

— Je l'ignorais totalement, marmonnai-je. Il a mentionné que leurs femmes avaient « disparu », mais je n'avais pas compris que ça signifiait qu'elles étaient toutes mortes.

— Quand c'est arrivé, je me suis demandé si les Vikingar restants nous contacteraient un jour, nous ou l'UIG, pour se renseigner sur notre technologie de correspondance, dit Clefft, dont la tristesse transparaissait dans sa voix douce. Mais si c'est le cas, je n'en ai jamais entendu parler – et je ne suis pas sûr qu'on aurait été en mesure de les aider. On était encore en train de perfectionner nos propres techniques de recherche de compagnes, tout en réintégrant toutes les Albyennes qui venaient d'émerger du Sommeil.

Parfois, j'oubliais que toutes les Albyennes avaient été plongées dans un sommeil de Belle au bois dormant, un coma qui avait duré des années. Elles étaient toutes réveillées aujourd'hui, ce qui signifiait que les Albyens n'étaient plus aussi impatients de trouver des compagnes humaines. Ils avaient toujours plus d'hommes que de femmes sur leur planète, ce qui signifiait que Hot Tatties ne ferait pas faillite de sitôt, mais au moins les choses revenaient à la normale sur Albya.

— Est-ce que tu crois que les Péritennes et les Vikingar pourraient être compatibles, comme nous le sommes avec vous ? demandai-je à Clefft.

— C'est probable. L'Université intergalactique a mené une étude il n'y a pas longtemps, pour répertorier toutes les espèces susceptibles d'être physiquement compatibles avec les Péritens – même si ça ne veut pas nécessairement dire qu'ils seront en mesure d'engendrer une progéniture. Leur liste se basait principalement sur des caractéristiques physiques similaires et un minimum de compatibilité culturelle. Je suis presque certain que les Vikingar figuraient sur cette liste.

— Est-ce que tu serais en mesure de vérifier cette information ? De t'assurer que nos deux espèces peuvent engendrer une... progéniture ?

Quel mot froid pour un sujet si émotionnel.

Clefft hocha la tête avec enthousiasme.

— Je crois que oui. Je vais avoir besoin de quelques échantillons de plusieurs Vikingar mâles, et plus il y en aura, mieux ce sera. On a déjà suffisamment de données sur les Péritennes, grâce à notre coopération de longue date.

J'avais envie de sauter de joie. Mais pourquoi ? Pourquoi avais-je envie d'aider les aliens qui m'avaient enlevée ? Est-ce que je souffrais d'un cas très rapide de syndrome de Stockholm ?

— J'imagine qu'il faudra contacter les Vikingar, dis-je lentement. S'assurer que c'est ce qu'ils veulent. Et puis, je dois parler à Pam aussi, la convaincre qu'on a tout intérêt à ajouter quelques Vikings sexy à notre catalogue. Elle a embauché de nouvelles assistantes, donc on aura la capacité d'élargir notre base de données. Ça nous donnerait un nouvel angle marketing. Les femmes qui ne sont pas intéressées par les Highlanders en kilt – sans vouloir te vexer – pourraient se laisser tenter par des Vikings maniant la hache.

Clefft semblait un peu perplexe, comme s'il ne comprenait pas pourquoi une femme préférerait un Viking à quelqu'un comme lui. C'est vrai qu'avant aujourd'hui, j'avais toujours cru qu'être compatible avec un Albyen était le meilleur scénario possible – quatre bras valaient mieux que deux. Toutes celles à qui nous avions trouvé un compagnon étaient d'accord sur ce point. Quatre bras et un « engin spécial » caché sous le kilt. J'avais rougi la première fois qu'on m'avait décrit les pénis albyens. Pour faire simple : ils étaient dotés de pétales qui s'ouvraient après l'orgasme pour empêcher le couple de se séparer pendant plusieurs heures. Ils appelaient ça le nouage.

Je sentis la chaleur me monter aux joues et détournai aussitôt le regard vers la grande fenêtre, pour observer la Terre qui s'agrandissait de plus en plus.

— Est-ce que tu veux que je parle à Donail ? demanda Clefft, inconscient de mes pensées coquines. Je peux lui suggérer de changer de plan. On pourrait appeler le vaisseau vikingr, leur expliquer ce qu'on pourrait faire pour eux. Mais c'est à toi de décider. Ils t'ont kidnappée, donc je comprendrais parfaitement que tu ne veuilles pas être impliquée. Je deviens un peu surexcité quand il est question de possibilités scientifiques et...

— Fais-le, l'interrompis-je avant de risquer de changer d'avis. Assure-toi juste qu'ils ne m'enlèvent pas à nouveau. Deux fois, ça m'a suffi.

Après le départ de Clefft, je me radossai au fauteuil confortable et fermai les yeux un instant. J'étais épuisée. J'avais fait plus de sport aujourd'hui que je n'en avais fait depuis des années. Tout ce temps passé à fuir Njal...

Juste après avoir été sauvée par les Albyens, je m'étais dit que je ne reverrais jamais les Vikingar. À présent, j'avais bien l'impression que non seulement j'allais le revoir, mais que j'allais aussi l'aider, lui et son peuple. Quel étrange retournement de situation. Je ne savais pas trop ce que j'en pensais. Mes émotions étaient sens dessus dessous. Surtout quand je pensais à tout ce qu'ils avaient perdu : leurs familles, leurs amis, absolument tout. C'était difficile de ne pas compatir avec eux. Mais était-ce une raison suffisante pour lui pardonner de m'avoir enlevée, de m'avoir retenue prisonnière sur leur vaisseau contre mon gré ? Et pour ce qu'il avait prévu de faire de moi ensuite ? Il avait dit vouloir m'effacer la mémoire – non pas que je l'aurais laissé faire sans me défendre.

Son expression surprise fit irruption dans mon esprit, le choc qu'il avait ressenti quand je lui avais mis un coup de genou dans les valseuses. Ça m'avait fait tellement de bien sur le coup – mais maintenant, j'en ressentais une légère culpabilité. Il avait agi par désespoir, essayé de garantir un avenir pour les siens. Ne serais-je pas prête à tout pour sauver mon espèce ?

Je me demandais qui Njal avait perdu. Avait-il été en couple ? Était-il veuf ? Et qu'en était-il des enfants, de ses parents, de ses amis ? Morts, tous morts. J'avais les yeux qui me brûlaient. En les essuyant, je vis que mes doigts étaient mouillés. Pourquoi est-ce que je pleurais pour mon ravisseur ?

Sûrement le syndrome de Stockholm. Ça expliquait aussi pourquoi je brûlais d'envie de le revoir. Juste une dernière fois.

12

ᚾᛁᚲᛁᚠᛏ

Njal

J'étais sur le point d'exploser quand je reçus l'appel du centre de commandement. En poussant un soupir, je remontai mon pantacourt et me lavai les mains. Mon érection frottait contre le tissu, et c'était presque assez pour me faire atteindre l'extase. Si l'appel de Rune ne m'avait pas semblé si urgent, j'aurais éjaculé.

La douche froide n'avait pas aidé. Ça n'avait fait qu'empirer les choses. Chaque fois que je clignais des yeux, je voyais Steff. Elle envahissait mes pensées, peu importe à quel point j'essayais de me distraire. Elle m'avait ensorcelé, et maintenant elle était partie. Si elle avait été là, je n'étais pas certain que j'aurais été en mesure de me contrôler. L'envie de m'accoupler avec elle était trop forte. De la prendre par derrière et de marquer mon territoire. Ma hache nuptiale commençait à apparaître sous une fine couche de peau. Un signe clair que mon corps se préparait à rencontrer ma compagne. Sauf que je ne l'avais pas encore trouvée.

Peut-être serait-il judicieux d'aller voir Klav pour lui demander de faire une analyse médicale. Quelque chose clochait chez moi. J'avais du désir pour une femelle qui n'était pas ma moitié, qui ne pouvait pas être ma moitié. C'était ridicule. Je n'étais pas un adolescent en rut qui aurait perdu le contrôle de ses hormones. J'étais un guerrier vikingr. C'était inacceptable.

En espérant que personne ne remarquerait mon érection, je me hâtai de rejoindre le centre de commandement.

— Les Albyens nous appellent, annonça Rune dès mon arrivée. Ils disent qu'ils ont un message important pour nous.

— Je parie qu'ils vont nous menacer de contacter l'Autorité intergalactique, grommelai-je en m'installant sur mon siège. Est-ce que tu as localisé la source du message ?

Torsten hocha la tête.

— Ils sont un peu plus proches de Péritus que nous, mais on les rattrapera bientôt. On est plus rapides. Au besoin, on peut les attaquer dans quatre clics.

— Non ! Tant que Steff est à bord de leur vaisseau, hors de question de les attaquer, c'est clair ?

Mes paroles furent accueillies par un silence et des regards perplexes. Puis ils firent un salut militaire et retournèrent à leurs consoles.

Je serrai les poings. Je perdais le contrôle. Encore quelques emportements comme celui-ci et ils le sauraient tous. Mon autorité pourrait être remise en question. Il pourrait y avoir une mutinerie.

Il fallait que je me ressaisisse.

— Sur l'écran, ordonnai-je. Voyons un peu ce qu'ils ont à dire.

Le même Albyen qu'auparavant apparut sur le grand écran devant moi. Comme la dernière fois, ses quatre bras étaient croisés devant sa poitrine.

— Nous avons une proposition à vous faire, dit-il sans s'encombrer de salutations ou de menaces.

— Qu'est-ce que vous pourriez bien vouloir de nous ?

— Rien. C'est nous qui avons quelque chose à offrir. Nous sommes au courant de votre situation, ou du moins nous pensons l'être. Est-ce que c'est vrai que vous êtes allés sur Péritus pour chercher des compagnes ?

Mon premier instinct fut de nier la vérité, mais j'étais un Vikingr, et je ne mentais pas. De plus, quel mal y avait-il à ce qu'il le sache ? Ils savaient que nous avions enlevé Steff, ce qui était un crime bien plus grave que de simplement approcher une planète protégée.

— Oui, répondis-je simplement.

— Je ne sais pas pourquoi vous avez pensé que ce serait une bonne idée d'enlever un membre de l'agence Hot Tatties, et vos actions ne resteront pas sans conséquences, mais je sais ce que c'est que d'être désespéré. De désirer avoir une compagne. D'être au bord de l'extinction. Nous avons donc décidé de vous offrir notre aide.

C'était forcément un autre piège. Une ruse élaborée pour nous inciter à leur faire confiance avant de nous montrer leur vrai visage et de nous attaquer.

— Je ne tomberai pas dans le panneau, lui dis-je sèchement. Une fois, pas deux.

Donail eut un sourire en coin.

— Ce n'est pas un piège ou une embuscade. Je ne sais pas si vous êtes au courant, mais il y a seulement trois rotations IG, nous pensions que nous, les Albyens, étions voués à disparaître. Nos femelles étaient prisonnières du Sommeil, et aucun enfant n'était né depuis longtemps. Puis nous avons trouvé les Péritennes et, avec elles, un nouvel espoir. Maintenant que nos femelles se sont réveillées, ce serait égoïste de ne pas transmettre les connaissances que nous avons acquises au cours de ces rotations d'étroite collaboration avec Hot Tatties.

Il semblait sincère, mais comment pouvais-je lui faire confiance ? C'était trop beau pour être vrai.

Je le mis en attente un moment et parcourus la pièce du regard. Les émotions de mon équipage semblaient osciller entre le scepticisme, l'espoir et la colère. C'était difficile de déterminer laquelle de ces émotions dominait.

Je rallumai le micro et fis face à Donail.

— Transmettre vos connaissances ? Vous seriez prêts à partager votre technologie de correspondance avec nous pour qu'on puisse l'adapter à nos besoins ?

— Soit ça, soit nos scientifiques peuvent apporter les modifications nécessaires pour vous. Je sais que vous êtes un vaisseau d'attaque, donc ce serait logique que vous manquiez de ressources.

Je serrai les poings face à cette insulte à peine voilée, mais mon expression de visage demeura neutre.

— Comment peut-on être sûrs que vous n'essaierez pas de nous duper ? demandai-je.

Donail leva ses quatre bras.

— Pourquoi se donner autant de mal quand nous pouvons simplement transmettre vos coordonnées à l'Autorité intergalactique ? La femelle est parfaitement en sécurité à bord de notre vaisseau. Nous n'avons rien à gagner avec une telle offre. Au contraire, ça pourrait nous faire perdre des compagnes potentielles.

— Alors pourquoi nous offrir votre aide ?

L'Albyen sourit d'un air triste.

— Parce que je sais ce que c'est que d'avoir perdu tout espoir. Et c'est le pire sentiment de l'univers. Je ne le souhaiterais même pas à mes pires ennemis – et ça vous inclut, Vikingar.

Je sentis qu'il disait la vérité, mais étais-je prêt à tout risquer à partir de cette intuition ?

— Si vous voulez vraiment nous aider, alors rencontrons-nous face à face. Vous amenez vos scientifiques, j'amènerai les miens. Et Steff. Je veux voir que la femelle va bien.

Le sourire de Donail disparut aussitôt.

— Est-ce que tu insinues que nous aurions pu lui faire du mal ?

Oui, eus-je envie de rugir. Steff n'était en sécurité nulle part hormis à mes côtés. Mais je refoulai cette impulsion démente et me forçai à sourire à l'Albyen.

— Bien sûr que non. Tu as mal compris. Je veux simplement m'assurer que la téléportation ne l'a pas blessée. Après tout, elle n'y est pas habituée.

— Je vais bien.

La plus belle voix de toute la galaxie me fit me lever instantanément. Steff apparut à l'écran, encore plus radieuse que dans mes souvenirs. Ses yeux avaient-ils toujours brillé à ce point ? Ses seins avaient-ils toujours été aussi comprimés par l'étoffe de son étrange vêtement ? Ce qui me rappela que mon sexe était encore en érection.

Si elle avait été dans la même pièce que moi, j'aurais été incapable de me retenir. Même maintenant, je devais mobiliser tout mon self-control pour ne pas montrer ouvertement ce que je ressentais. Il fallait que je me dépêche de trouver ma moitié, avant de perdre totalement le contrôle et de revendiquer Steff. Ça ne plairait pas à ma compagne. Et je voulais préserver ce désir dévorant pour ma compagne. La première femelle qui atteindrait l'orgasme grâce à ma hache nuptiale.

— Que dis-tu de nous rencontrer à l'agence de Hot Tatties ? proposa Donail. Pam, la patronne, pourra également nous donner son avis.

Steff bâilla, en cachant ses jolies lèvres derrière sa main. Je pris conscience qu'elle n'avait absolument pas dormi. Je l'avais enlevée en fin de journée péritenne, donc elle devait être extrêmement fatiguée à ce stade. Je me sentis envahi de culpabilité en pensant au fait que la simulation l'avait fait courir pendant vingt clics IG. Steff avait besoin de sommeil.

— Demain, dis-je. On aura besoin de temps pour se préparer. Et la femelle a besoin de repos.

J'évitai son regard, conscient que c'en serait fini de moi si je le croisais. Je restai focalisé sur l'Albyen, en faisant de mon mieux pour ignorer Steff. Comment allais-je faire pour être dans la même pièce qu'elle le lendemain ?

Il fallait que je me soumette à un examen médical. Peut-être que Klav serait en mesure de découvrir ce qui clochait chez moi.

· · ·

Après avoir convenu d'une heure et d'un lieu de rencontre, je m'empressai de quitter le centre de commandement, échappant ainsi aux questions et commentaires douteux de mon équipage. Ils ne ressentaient pas la même urgence que moi. Ils n'avaient aucune idée de ce que c'était que de courir partout avec une érection qui refusait de disparaître et une hache nuptiale douloureuse.

Klav était en train de regarder un feuilleton. Il l'éteignit dès qu'il me vit entrer dans l'infirmerie, avec l'air espiègle de quelqu'un pris en flagrant délit. Je ne fis aucun commentaire sur son choix de divertissement.

— Scanne-moi pour voir si je suis malade, lui ordonnai-je sans préambule.

Il me dévisagea d'un air étrange.

— Tu ne te sens pas bien ?

— Est-ce que je serais là si je me sentais bien ?

Avec un haussement d'épaules, il sortit son scanner et l'orienta vers moi. Une légère sensation de picotement se répandit sur ma peau lorsqu'il me scanna de la tête aux pieds. Il observa le scanner en fronçant les sourcils, puis répéta l'opération.

— Tu ne m'avais pas dit que tu avais trouvé ta moitié, dit-il enfin. Comment c'est arrivé ? Où ?

— Je ne l'ai pas trouvée. C'est mon corps qui déconne.

Klav pianota sur le scanner, faisant défiler les résultats.

— Tu as tous les symptômes du fýst. Taux d'hormones de

reproduction élevé, augmentation du flux sanguin, du taux de phéromones. Est-ce que ta hache nuptiale s'est activée ?

— Oui, grommelai-je.

Ce n'était pas un sujet que j'avais envie d'aborder.

— Je n'ai jamais entendu parler d'un Vikingr mâle présentant de tels symptômes sans avoir rencontré sa moitié. Tu es sûr que ce n'est pas la Péritenne ? Tu as passé beaucoup de temps avec elle, ça suffirait à déclencher le processus.

— C'est impossible que ce soit elle. Quelles sont les probabilités ? Je l'ai enlevée au hasard. J'ai utilisé ma date de naissance comme coordonnées de téléportation ; il n'y avait aucun plan, c'était entièrement spontané. C'est impossible. À moins que la hamingja elle-même ait manipulé le faisceau de téléportation...

Tournant le dos à Klav, je chancelai. Était-ce possible ? Se pouvait-il que la hamingja ait été si généreuse ? Non seulement en m'offrant un moyen de trouver des compagnes pour tous les Vikingar, mais aussi en me guidant vers ma moitié ?

Je fis brusquement volte-face, l'air si féroce que Klav recula d'un pas.

— À quel point est-ce que tu en es sûr ? Que j'ai trouvé ma moitié ?

Klav n'eut pas la moindre hésitation.

— À cent pour cent.

13

ᚢᛁᚴᛁᚴᛦ

Steff

C'était étrange de rentrer chez moi. C'était déjà l'après-midi quand les Albyens m'avaient déposée chez moi, et j'avais titubé jusqu'à mon lit, rassurée par la présence de deux d'entre eux qui montaient la garde dans mon salon. J'avais eu envie d'envoyer un texto à Pam pour lui raconter ce qui se passait, mais mon téléphone demeurait introuvable, et j'étais trop exténuée de toute façon.

Pour autant, je n'arrivais pas à dormir. Je me retournais dans tous les sens, le corps submergé de bouffées de chaleur. C'était au moins dix ans trop tôt pour la ménopause, alors était-ce dû à une sorte de virus de l'espace que j'avais attrapé ? Je fis un examen mental de mon corps, cherchant d'autres symptômes. Mes tétons étaient durs, à tel point que c'était douloureux, et ça faisait des heures que ça durait. Mon sexe palpitait de désir. Peut-être allais-je avoir mes règles. Elles n'étaient pas censées survenir maintenant, mais il arrivait qu'elles soient un peu irrégulières.

Je glissai une main sous ma culotte et commençai à stimuler mon clitoris, mais ça ne m'apporta pas la satisfaction dont j'avais cruellement besoin. En dépit de tous mes efforts, je n'arrivais pas à me faire jouir. Étrange, car je n'avais jamais eu ce problème auparavant.

Au bout d'un moment, après bien d'autres gesticulations frustrées, je crois que je finis par m'endormir.

Je me réveillai dans l'obscurité. Je fus brièvement prise de panique, craignant d'avoir été à nouveau enlevée, mais ma petite veilleuse en forme de chat était fort heureusement à sa place habituelle, émettant ses clignotements rassurants. J'étais chez moi.

Après une douche rapide, je rejoignis mes gardes albyens. Ils avaient compris comment allumer ma télévision et regardaient une émission de rencontres à la con. Le genre d'émission où les participants étaient à moitié nus et clairement plus intéressés par le sexe que par une histoire d'amour. En émettant un petit rire, je les laissai à leur émission et nous commandai des pizzas. Aujourd'hui, ils allaient découvrir l'expérience humaine dans son intégralité.

Je voulais sortir chercher mon téléphone – j'avais peut-être laissé tomber mon sac par terre lors de l'enlèvement, ce qui signifiait qu'il y avait une probabilité qu'il soit encore quelque part dans Laggard Road. Vingt-quatre heures s'étaient écoulées depuis que j'avais été enlevée par des extraterrestres. C'était fou de penser que le reste de l'humanité avait continué à vivre sa vie normalement, pendant que j'étais interrogée par des Vikings extraterrestres. Au moins, on ne m'avait pas introduit de sonde. En matière d'enlèvements extraterrestres, ça n'avait pas été si terrible. Maintenant que j'étais en sécurité chez moi, je pouvais rire de cette situation complètement ridicule. Surtout de l'incident du coup de genou dans les couilles.

Sans mon téléphone, je dus chercher le numéro de Pam dans sa signature d'email et utiliser mon vieux téléphone fixe, que j'avais rarement utilisé, pour l'appeler. Elle décrocha à la première sonnerie.

— Steff, il était temps, bon sang ! J'ai essayé de t'appeler. Si les Albyens ne m'avaient pas rassurée en me disant que tu étais en sécurité, je serais déjà chez toi à l'heure qu'il est.

Une chaleur m'envahit. Elle s'était inquiétée pour moi. C'était bon de savoir que des gens auraient fini par s'apercevoir qu'on m'avait enlevée. Des gens à qui j'aurais manqué.

— Désolée, j'ai perdu mon téléphone. Donail t'a tout raconté ?

Pam gloussa.

— Quelle histoire. Il va falloir que tu me racontes tout ça de vive voix. Mais pour l'instant, je n'ai qu'une seule question importante : à quel point ces Vikings sont-ils sexy ?

Je ne pus m'empêcher de rire.

— Très. Terriblement sexy. Comme les Albyens, ils ont horreur de se couvrir le torse. Ou du moins, c'était le cas du Vikingr qui m'a kidnappée. Je n'en ai jamais vu d'autres.

— Miam. Nos clientes vont les adorer. Depuis un moment, je me dis que notre offre actuelle est un peu monotone. Tu sais que j'adore les Highlanders aux cheveux roux, comme toutes les femmes, mais ce serait bien d'avoir du sang neuf dans notre base de données.

Elle baissa légèrement la voix.

— Y en avait-il un en particulier qui te plaisait ?

— Pam ! J'ai été kidnappée, ce n'était vraiment pas approprié de penser à ce genre de choses.

— C'est vrai, mais tu n'es plus kidnappée maintenant. Est-ce que tu penses que tu trouveras un compagnon parmi eux ?

Je n'y avais pas encore pensé. J'étais dans la base de données de Hot Tatties moi aussi, donc il était possible que je me trouve enfin un partenaire compatible. Un Vikingr. Est-ce qu'ils ressemblaient tous à Njal ? Et plus important encore, est-ce que je voulais quelqu'un d'autre que Njal ?

Non, c'était le syndrome de Stockholm qui parlait. Njal n'avait pas le profil du compagnon idéal. Entamer une relation qui avait commencé par un enlèvement était une très, très mauvaise idée. Épouvantable. Pourtant, quand je pensais à lui, la pulsation dans mon bas-ventre s'intensifiait. Je me massai les poignets là où il m'avait agrippée, quand il m'avait plaquée contre le mur. Il avait été si fort, si rapide, si extraterrestre. Sexy de toutes les mauvaises manières.

— Steff, tu es toujours là ?

— Oui, pardon. Je ne sais pas. Peut-être. Quand est-ce qu'on doit les rencontrer ?

— Demain matin. Mon mari avait prévu de m'emmener voir sa mère, alors je suis contente d'avoir une excuse. Et puis, on s'est dit que tu aurais peut-être besoin de plus de repos après ton...

épreuve. Si tu as besoin de parler, tu sais que je suis là, n'est-ce pas ?

— Merci, Pam. Mais tout va bien.

— Si ça change, tu sais où me trouver. Et trouve-toi un nouveau téléphone. Oh attends, je peux te donner mon téléphone de rechange. Je l'apporterai demain. Rendez-vous à 9 heures à l'agence ?

En temps normal, j'aurais eu horreur de devoir me lever tôt un dimanche matin, mais j'étais trop surexcitée pour m'en soucier.

— D'accord, à demain.

Je rejoignis les Albyens en attendant l'arrivée de nos pizzas. Ça devait être les vingt-quatre heures les plus étranges de toute ma vie. D'abord, j'avais été enlevée par une espèce extraterrestre, et à présent, une autre espèce extraterrestre se prélassait dans mon salon. Si je n'avais pas travaillé chez Hot Tatties depuis trois ans, j'aurais pensé que j'avais perdu la boule.

Les Albyens étaient si fascinés par nos trains que nous étions en retard. Ils avaient provoqué une file d'attente à la borne de contrôle des billets, et nous avions raté notre bus. Ils portaient tous deux des combiflages qui dissimulaient leur seconde paire de bras ainsi que leurs antennes nuptiales. Je les avais obligés à porter des t-shirts, ou du moins à donner l'illusion qu'ils en portaient. Je n'étais pas sûre de comprendre comment ces combiflages fonctionnaient, mais elles étaient apparemment capables de simuler des vêtements. Pour ce que j'en savais, les Albyens étaient complètement nus sous ces combinaisons high-tech.

Pam était déjà dans notre salle de réunion, ainsi que quatre Albyens dirigés par Donail. Le capitaine m'adressa un sourire chaleureux.

— J'ai entendu dire que tu as nourri mes hommes avec de la nourriture péritenne hier soir et que c'était délicieux.

J'eus un échange de regards avec mes gardes. Ils avaient l'air de se sentir légèrement coupables d'avoir vendu la mèche.

— Quel genre de nourriture ? demanda Pam avec un sourire en coin.

— Des pizzas. Ils en ont mangé deux chacun. Je suis contente d'avoir eu la clairvoyance d'en commander plus.

Pam éclata de rire.

— Je crois que je sais ce qu'on va manger à midi. Donail, toi et tes hommes allez être initiés au plus grand débat de cette planète. Ananas, ou pas ananas.

Donail, qui n'avait clairement pas la moindre idée de ce que nous racontions, acquiesça joyeusement. Un bref son de vibration l'incita à regarder son poignet, où était accrochée une sorte de montre intelligente surdimensionnée.

— Les Vikingar arrivent. Allons les accueillir.

Ce qui signifiait en réalité : « allons les intimider en restant en rang près de l'entrée, l'air menaçant ».

Les Albyens formèrent deux rangées de trois, bras croisés, visages sévères. Même si Donail leur avait dit qu'il était prêt à les aider, ces deux espèces n'étaient clairement pas amies. Loin de là. Ce qui rendait l'offre de Donail d'autant plus généreuse. J'espérais qu'il en tirerait quelque chose. Peut-être qu'une fois que nous aurions ajouté quelques Vikings sexy à nos publicités, davantage de femmes s'inscriraient à notre agence, augmentant ainsi ses chances de trouver une compagne à son tour.

Njal fut le premier du groupe de Vikingar à entrer. Son visage bleu était maculé de blanc, et il tenait une énorme hache à la main gauche. À sa ceinture, il portait plusieurs poignards et une hache plus petite. Il semblait prêt au combat. Tout comme les cinq hommes derrière lui. Ils n'arboraient pas la même peinture de guerre, mais ils portaient tous assez d'armes pour équiper une petite armée.

Bande de crétins. Le but de cette réunion était de les aider à trouver des compagnes, pas une occasion d'écraser des crânes.

Je foudroyai Njal du regard, pour constater aussitôt qu'il me dévisageait avec une expression étrange, quelque chose qui oscillait entre le désir et le regret. Que devais-je en penser ?

Pam m'épargna de réfléchir à comment le saluer – ou de choisir de ne pas le saluer. Elle me poussa sur le côté et se planta devant le Vikingr géant, mains sur les hanches, regard flamboyant.

— Est-ce que tu as déjà présenté tes excuses ? lui demanda-t-elle.

Chacun de ses mots était empreint d'une froideur glaciale.

— Présenté mes excuses ? répéta-t-il, ne sachant manifestement pas trop quoi penser de la femme devant lui.

Pam était plantureuse mais petite, un condensé d'énergie et de répartie ne mesurant pas plus d'un mètre cinquante-cinq. Ses cheveux auburn étaient striés de gris, et elle se plaisait à dire que chaque mèche argentée était apparue à cause d'un Albyen différent. Je me demandai si elle se mettrait bientôt à blâmer les Vikingar également.

— D'avoir enlevé Steff, bien sûr ! Il va falloir que tu t'excuses avant que nous puissions commencer cette réunion. Je suis prête à oublier tes transgressions passées si tu t'excuses et te rachètes pour ton comportement. Peut-être que tu devrais la dédommager d'une manière ou d'une autre. Oui, maintenant que j'y pense, je crois que c'est vraiment nécessaire.

Njal la regarda en clignant des yeux d'un air incrédule. Je doute que quiconque lui ait un jour parlé sur ce ton. Surtout pas quelqu'un qui faisait trois têtes de moins que lui.

Après un long moment de silence, il se tourna vers moi. Ses yeux bleu nuit plongèrent dans les miens alors qu'il joignait ses mains devant sa poitrine, comme pour prier, puis il s'inclina profondément. Choquée et surprise, je le regardai se pencher si bas que sa barbe toucha le sol. C'était une sacrée prouesse de yoga.

— Je t'ai fait du tort, Steff de Péritus, dit-il sans bouger de cette position inconfortable. Que demandes-tu en dédommagement ?

J'échangeai avec Pam un regard désespéré. Qu'étais-je censée répondre à ça ? J'étais certaine qu'il s'agissait d'une tradition vikingr et qu'il y avait une réponse prédéfinie, mais je n'avais évidemment aucune idée de ce que ça pouvait bien être.

— Euh... J'accepte tes excuses. En dédommagement, tu vas... m'offrir un nouveau téléphone puisque j'ai perdu le mien à cause de toi. Et tu vas promettre de ne plus jamais enlever une autre personne, qu'elle soit humaine ou extraterrestre.

— Demande-lui de l'argent ; il est blindé, chuchota Pam. Les Albyens me l'ont dit.

Je fus tentée l'espace d'un instant, mais non, je ne voulais pas de son argent. Ceci dit, je sentais bien qu'il manquait quelque chose, une sorte de rédemption.

Je lâchai la première chose qui me passait par la tête, et que j'avais horreur de faire :

— Et tu vas nettoyer ma salle de bain.

Ça me semblait être une punition appropriée.

— Ta... salle de bain ? répéta Njal, toujours penché.

Était-ce à moi de lui dire de se redresser de cette position inconfortable ?

— Tu voulais un dédommagement. Je suis sûre que vous autres, les Vikingar, avez des punitions bien pires, mais voilà une corvée que j'essaie d'éviter, donc je doute que ça te plaise.

Voyant qu'il ne se relevait toujours pas, j'ajoutai :

— Et tu vas m'inviter à dîner. Dans un restaurant chic et hors de prix.

Je le regrettai instantanément. Je n'avais pas envie de passer davantage de temps avec lui – pas vrai ? Mais c'était trop tard. Njal se redressa, et son regard intense se retrouva une fois de plus rivé sur moi.

— J'accepte, Steff de Péritus. Tu auras ton dédommagement.

— Parfait, s'exclama Donail. Maintenant que c'est réglé, asseyons-nous et parlons des compagnes.

Pam s'éclaircit la gorge de façon théâtrale.

— C'est toujours mon agence, Donail. C'est moi qui dirigerai cette réunion.

Il lui adressa un sourire poli.

— Bien sûr. Toutes mes excuses.

Ma patronne étendit les bras, invitant tout le monde à s'asseoir. J'étais ravie que nous ayons déménagé et que nous ayons désormais une salle de réunion assez grande pour nous tous. Même si nos sièges n'avaient clairement pas été conçus pour les extraterrestres. Les Albyens comme les Vikingar étaient beaucoup plus imposants qu'un humain moyen. Ils semblaient mal à l'aise, face à face de chaque côté de la table, entre Pam et moi qui faisions tampons.

Njal s'assit à côté de moi, et quand je me tournai vers lui, je pris conscience qu'il me dévisageait. Une fois de plus. Et que son regard était flamboyant de désir.

14

ᚢᛁᚴᛁᚴᛦ

Njal

C'était une torture d'être si près d'elle. Son parfum était suffocant, malgré la puanteur des Albyens qui saturait la pièce.

Je passai mes doigts dans ma barbe, ôtant la poussière qui s'y était collée pendant ma révérence traditionnelle de pénitence. Je ne l'avais fait qu'une seule fois auparavant. Steff ignorait probablement à quel point cet événement avait été significatif pour moi. Et pour mon équipage. J'avais perçu leur surprise, mais je n'avais pas daigné leur fournir une explication. Ils devaient probablement se douter à ce stade. J'avais fait jurer à Klav de garder le secret, mais je savais que mon comportement était imprévisible depuis ma rencontre avec Steff. J'avais tous les symptômes d'un mâle sous l'emprise du fýst.

Et à présent, ma moitié était assise si près de moi que j'aurais pu tendre la main et la toucher. Si nous avions été seuls, j'aurais été incapable de me retenir. Si nous étions tous les deux encore habillés, c'était uniquement à cause de l'autre Péritenne et des Albyens.

Deux d'entre eux portaient des combiflages, qui leur donnaient une apparence de Péritens, mais les autres n'avaient pas pris la peine de se déguiser. Ils avaient dû se téléporter dans le sous-sol de cette agence, tout comme nous. Je m'étais réjoui de cet arrangement. Les combiflages me démangeaient toujours. Et je voulais que ma moitié me voie tel que j'étais. Je m'étais même peigné les cheveux avant de quitter le *Valkyr*.

— Vikingar, je crois que Donail vous a déjà expliqué le fonctionnement de notre arrangement, mais je vais récapituler au cas où, commença la Péritenne d'âge mûr.

Elle avait un tempérament de feu, une autre preuve que les femelles de cette planète étaient parfaites pour nous. La témérité avec laquelle elle m'avait affronté était très prometteuse. Il fallait que je demande à Steff si sa supérieure était encore disponible pour l'accouplement. Il y avait quelques mâles plus âgés à bord du *Valkyr* qui adoreraient avoir une compagne comme elle.

— Chaque femme qui s'inscrit à notre agence soumet un échantillon d'ADN. Nous les envoyons ensuite au laboratoire des Albyens, qui disposent de la technologie nécessaire pour analyser ce que nous appelons la séquence de correspondance. Ils nous envoient les données de nos femmes humaines ainsi que celles des Albyens en quête d'une compagne potentielle. Toute la mise en relation se passe ici, sur Terre, pour des raisons de confidentialité. C'est nous qui avons la responsabilité d'informer les femmes et les hommes. Pendant que les Albyens se préparent chez eux, les femmes sont invitées à participer à un prétendu voyage de luxe à l'étranger. Enfin, c'est quand même un voyage de luxe, mais je ne suis pas certaine qu'Albya puisse être qualifiée de destination à l'étranger. Nos contrats précisent très clairement que si une femme change d'avis en découvrant qu'elle est sur le point d'embarquer à bord d'un vaisseau spatial, elle devra couvrir tous les coûts de la mise en relation et des frais de voyage. Jusqu'à présent, aucune n'a choisi de payer. Et seulement une poignée d'entre elles ont décidé de ne pas rester sur Albya après avoir rencontré leur compagnon. Notre taux de succès est vraiment stupéfiant, grâce aux algorithmes de correspondance des Albyens.

— Nous n'avons pas de scientifiques, admis-je lorsqu'elle s'interrompit un moment pour respirer.

Est-ce que toutes les femelles parlaient autant ?

— Plus maintenant. Certains membres de mon équipage ont acquis des connaissances spécialisées quand c'était nécessaire, mais ce ne sont pas des scientifiques de formation.

— On peut se charger de faire l'analyse ADN, proposa Donail.

J'avais envie de cogner son visage souriant et serviable.

— Et si certains d'entre vous désirent être formés, ils sont les bienvenus à Albya pour apprendre à tout faire seuls. Avec le temps, on pourra cesser de tout faire nous-mêmes pour vous donner de plus en plus d'autonomie.

Je devais bien reconnaître que ce qu'il disait avait du sens. Je détestais le fait qu'il nous offre autant d'aide. Je ne voulais être redevable envers personne. Mais c'était la survie de tous les Vikingar qui était en jeu. Il fallait que je ravale ma fierté et que j'accepte leur aide.

— Tout d'abord, on doit s'assurer que Vikingar et Péritennes sont vraiment compatibles, poursuivit Donail. Si vous êtes prêts à nous donner quelques échantillons dès maintenant, Clefft ici présent peut les analyser pendant que nous continuons à discuter des détails de cet arrangement.

Il désigna un mâle aux cheveux roux à côté de lui.

Je lui adressai un bref signe de tête.

— Je suis d'accord. Plus vite nous serons fixés, mieux ce sera.

J'étais désormais convaincu que Steff était ma moitié, mais ce serait une bonne chose d'en être sûr. Si ce n'était pas elle... non, je ne devais même pas envisager cette possibilité. J'avais rêvé d'elle toute la nuit. Je m'étais réveillé plusieurs fois, le sexe dur comme la pierre, en regrettant amèrement qu'elle ne soit pas à mes côtés. J'avais été tellement tenté de me téléporter à la surface de sa planète et de la surprendre chez elle. Non pas que je sache exactement où elle habitait, mais Torsten avait piraté leur réseau de communication périten – une version très primitive de quantnet – et aurait sûrement pu le découvrir.

Au bout du compte, je m'étais caressé jusqu'à ce que je me rendorme, incapable de me faire jouir par mes propres moyens. Encore un autre symptôme du fýst. Maintenant que nous nous étions rencontrés, aucun de nous ne serait en mesure d'atteindre l'orgasme en solitaire ou avec d'autres partenaires tant que nous ne nous serions pas accouplés.

Je jetai un coup d'œil vers Steff. L'avait-elle remarqué ? Avait-elle essayé de se caresser sans parvenir à l'extase ? Cette pensée me rendait fou. Je portais déjà le pantacourt le plus ample que j'avais trouvé, mais il me semblait beaucoup trop serré.

— ... juste une petite piqûre.

Je levai les yeux, constatant que Clefft était debout à côté de moi.

— Ton doigt, me dit-il avec impatience.

Je tendis la main, et il y appuya son appareil. Je sentis une piqûre aiguë au niveau de mon index lorsque la machine me préleva du sang, mais je n'eus pas la moindre réaction.

Le scientifique répéta l'opération avec les autres, sous le regard joyeux des Albyens. Ou du moins, c'est ainsi que j'interprétais leurs expressions impassibles.

Une fois qu'il eut terminé, il quitta la pièce, vraisemblablement pour retourner à bord de leur vaisseau pour analyser nos échantillons. Un frisson d'appréhension me parcourut. Et s'il s'avérait que nous n'étions pas des âmes sœurs ? Ou pire, et si nous l'étions sans être biologiquement compatibles ?

Créer une nouvelle génération de Vikingar était notre priorité absolue. Il fallait que notre espèce survive. Tout le reste était secondaire, y compris mon propre bonheur. Si Steff ne pouvait pas être fécondée par moi, j'allais devoir trouver une autre femelle, et tant pis pour le lien des âmes sœurs. Ce serait la pire chose que j'aurais jamais faite de toute ma vie. Un sacrifice dont j'aurais honte jusqu'à la fin de mes jours. Mais non. Je devais garder espoir. Plusieurs couples albo-péritens avaient déjà eu des enfants. Il n'y avait aucune raison de penser que ce serait différent pour nous. Les trois espèces étant des vikingoïdes, elles avaient des caractéristiques en commun. Et même si la conception naturelle n'était pas possible, peut-être que les scientifiques albyens pourraient également nous aider dans ce domaine. L'espoir était permis. Je me raccrochai à cette idée en posant de nouveau le regard sur Steff.

Comparée à celle de Pam, la teinte de peau de Steff était beaucoup plus foncée. Est-ce que ça voulait dire que l'une d'entre elles n'était pas originaire de cette région ? Ça n'avait aucune importance. Steff était la plus belle femelle de l'univers à mes yeux. Je pourrais apprécier la beauté des autres femmes désormais, mais jamais l'une d'elles ne me semblerait aussi attirante.

— Njal, qu'est-ce que tu préfères ? demanda Pam, me faisant prendre conscience que j'avais loupé une partie de la conversation.

— Je vais devoir y réfléchir, dis-je pour dissimuler mon inattention.

— Tu dois réfléchir pour savoir si tu préfères du thé ou du café ?

La femme se mit à rire.

— Peut-être qu'il ne sait pas ce que c'est, intervint Steff pour prendre ma défense. Je vais te faire une tasse de chaque, et tu pourras décider ce que tu préfères. Pour les prochaines fois.

J'étais presque en extase. Elle pensait que nous avions un avenir. Peut-être s'était-elle rendu compte que nous étions des âmes sœurs. Ses joues étaient-elles plus rouges que lors de notre première rencontre ? Mon regard se posa sur sa poitrine pour voir si ses tétons avaient durci. Les Péritennes avaient des seins similaires à ceux des Vikingar femelles, c'était donc logique qu'elle présente les mêmes symptômes du fýst. Mais si ses tétons étaient aussi durs que mon sexe, ça ne se voyait pas.

— Hé ! c'est là-haut que ça se passe, me dit-elle d'un ton cassant.

Voilà qu'elle se manifestait à nouveau : la femelle fougueuse que j'avais enlevée.

Je lui souris.

Elle me répondit par un regard noir.

Ce qui ne m'incita qu'à sourire encore plus. J'adorais son audace, son énergie. Après cette réunion, je comptais m'isoler quelque part avec elle et tout lui expliquer. Elle serait évidemment ravie, puis nous pourrions nous accoupler. Après quoi, nous fixerions une date pour notre brullaup, le rituel vikingr qui officialiserait notre lien. Il n'y avait pas eu de brullaup depuis la destruction de notre planète. Celui-ci devrait être spécial. Pas juste une petite fête à bord du *Valkyr*. Non, il nous faudrait louer un lieu impressionnant, assez spacieux pour accueillir tous les Vikingar encore en vie. Il était probable que Steff souhaite aussi inviter sa famille et ses amis, donc peut-être qu'une petite lune ferait l'affaire. Ou l'une des planètes touristiques. Après ce que j'avais fait subir à ma moitié, elle méritait des vacances.

— Est-ce que ça va ? demanda brusquement Rune.

Je m'efforçai d'arrêter de sourire comme un idiot et me tournai vers lui.

— Bien sûr. Pourquoi ?

— Parce que tu avais le regard perdu dans le vide. Et tu baves ?

Je m'essuyai la bouche, mais ma main était sèche. Les lèvres de Rune frémissaient de plaisir. Le *vitskertr* se moquait de moi.

Steff avait quitté la pièce pendant que je rêvais de notre avenir en commun. En espérant que ce n'était que pour apporter les boissons dont elle avait parlé.

Des pensées éparses me faisaient tourner la tête. La réunion continuait, les Albyens parlaient, Pam parlait, mes Vikingar parlaient, mais je laissais mon esprit partir à la dérive, séduit par la promesse de jours meilleurs.

Nous aurions des enfants, beaucoup d'enfants, des petits Vikingar courant partout armés de haches en bois. Quelques animaux, peut-être. Nous pourrions avoir notre propre petit vaisseau, rien que pour notre famille, peut-être quelques serviteurs. Je partirais faire des raids de temps en temps, pour satisfaire l'envie qui est innée chez chaque Vikingr, mais je rentrerais chez moi le plus vite possible pour m'assurer que ma compagne et ma famille étaient en sécurité. Nous pourrions avoir un jardin. Des vellas, les mêmes arbres qui poussaient dans le jardin de mes parents. Je m'assiérais contre un des arbres, pendant que mes enfants joueraient sur mes genoux, avec ma compagne blottie contre mon flanc...

— Quelque chose cloche chez lui.

— Est-ce qu'il a une attaque ?

— Njal, qu'est-ce qui se passe ?

J'ignorai les voix qui menaçaient de m'arracher à cette vision idyllique de mon avenir. Notre avenir. J'y voyais Steff à mes côtés, le sourire aux lèvres alors qu'elle apprenait à nos enfants à se battre à péritenne. Ses cheveux étaient tressés comme ceux d'une Vikingr en couple, informant le monde entier qu'elle m'appartenait. Des bijoux étaient suspendus à ses lobes d'oreilles et à son cou, des cadeaux coûteux que j'avais ramenés de mon dernier raid. Elle se penchait et m'embrassait, ses lèvres étaient chaudes et douces, et je lui rendais passionnément son baiser, passant mes bras autour d'elle, en la serrant tout contre moi...

— Qu'est-ce qu'il lui arrive ?

— Dites à Klav de venir, tout de suite !

— Ça doit être le fýst. Il n'y a qu'une seule façon de le guérir. Il faut que tu...

Ces voix me firent pousser des grognements. Elles me distrayaient. Je sortis ma hache, prêt à tout pour qu'elles cessent de m'embêter.

15

⊓ᛁ⼧ᛁ⼧ᛏ

Steff

Les cris m'incitèrent à retourner précipitamment dans la salle de réunion, ignorant complètement la bouilloire en ébullition.

C'était le chaos. Njal était debout, entouré de ses compagnons vikingar, la hache à la main, les yeux vitreux. On aurait dit qu'il ne comprenait pas ce qui se passait autour de lui. Les Albyens avaient formé un mur protecteur devant Pam, armes dégainées – je ne m'étais même pas rendu compte qu'ils étaient venus armés – et prêts à attaquer. Njal brandit sa hache, mais c'était un mouvement imprécis, comme s'il était ivre. L'un des autres Vikingar tenta de lui attraper le bras, de l'obliger à lâcher la hache, mais Njal était trop fort.

Le Vikingr le plus proche de moi, un grand colosse avec les cheveux tressés en chignon élaboré, qui s'était présenté sous le nom d'Errik, avait sorti un petit appareil dans lequel il hurlait.

— Il devient fou, Klav ! Qu'est-ce qu'on doit faire ?

— C'est le fýst, répondit une voix masculine depuis l'appareil. Sa compagne est la seule à pouvoir le calmer. Est-ce qu'elle est là ?

— Alors c'est vrai. C'est elle, sa compagne, dit Errik en me regardant avec émerveillement. Femme, viens ici. Il a besoin de toi.

Je me figeai. Qu'est-ce qu'il sous-entendait ? Quand même pas que...

— Oui, tu es son âme sœur, alors va l'embrasser. Ils n'arriveront pas à le retenir bien longtemps, pas sans le blesser.

— Je peux me téléporter jusqu'à vous avec un calmant, dit l'homme à l'autre bout du fil. Mais ce n'est qu'une solution temporaire.

C'était de la folie. Tout le monde devenait fou.

— Je te conseille de faire ce qu'il dit ! s'écria Pam de l'autre bout de la pièce.

Elle était invisible derrière son mur d'Albyens.

— Avant qu'il détruise cet endroit ! Et nous avec !

Comme pour illustrer ses propos, Njal rugit et se dégagea des Vikingar. Il offrait un spectacle impressionnant avec sa hache levée, en dépit de son expression rêveuse et de ses yeux vitreux. Il se battait contre des fantômes, pas contre nous.

— Qu'est-ce que je dois faire ? demandai-je d'une voix légèrement tremblante.

Je n'avais pas le temps de réfléchir, de me demander si c'était possible qu'il soit vraiment mon âme sœur. Si les Vikingar pensaient que je pouvais l'aider, alors il fallait que j'essaie. Tout le reste viendrait plus tard.

— Je ne sais pas trop, admit Errik. Klav, tu as des suggestions ?

— Il faut que tu le touches. Au stade où il en est, peut-être que ça ne suffira pas de le toucher. Tu vas peut-être devoir l'embrasser. Ou coller ta peau à la sienne, je ne sais pas. Ça ne s'est pas produit depuis...

La communication se coupa dans un grésillement.

Les yeux braqués sur Njal qui délirait, je pris conscience que je n'avais pas peur de lui. J'avais peur *pour* lui. Et j'avais envie de l'aider.

— Est-ce que vous pouvez le tenir pour que je ne me fasse pas embrocher par sa hache ? demandai-je au groupe d'extraterrestres. Vous aussi, les Albyens. Les Vikingar auront bien besoin de votre aide. Pam s'en sortira sans vous.

Donail donna des ordres à ses hommes qui, un instant plus tard, se jetèrent tous sur Njal. J'avais espéré qu'ils soient doux, mais étant donné qu'il était dans une autre réalité, ils durent utiliser la force pour le maîtriser. Dès qu'il me sembla suffisamment entravé, je m'approchai du Vikingr. Il ne clignait pas des yeux, qui restaient perdus dans le vide. Sa bouche s'ouvrait et se fermait très légèrement, comme s'il essayait de parler. Ses muscles se contractaient là où il se débattait contre la poigne de fer des autres hommes, inconscient qu'ils essayaient de l'aider.

— Njal, est-ce que tu m'entends ? demandai-je d'une voix douce, bien qu'assez fort pour qu'il m'entende par-dessus les grognements d'effort que poussaient les extraterrestres.

Il n'eut pas la moindre réaction. Après un dernier regard vers sa hache pour m'assurer qu'il n'en reprenait pas le contrôle, je posai mes paumes sur son torse. Ma peau collée à la sienne, avait dit le type via l'appareil de communication. Je ne comptais pas me déshabiller devant tout le monde, donc ça allait devoir suffire pour le moment. Dès que je plaquai mes mains contre son torse ferme – il semblait avoir une autre couche de muscles par-dessus ses muscles – il se calma légèrement.

— Njal, je suis là. Tu m'entends ?

Son regard semblait plus focalisé, ou était-ce le fruit de mon imagination ?

— Embrasse-le ! s'écria Pam, qui semblait étrangement enjouée au vu des circonstances.

Mais il était tellement grand que c'était impossible de l'embrasser, et même en me mettant sur la pointe des pieds, je serais toujours trop petite.

Faisant comme si nous étions seuls dans la pièce, je fis un pas vers lui et le serrai dans mes bras. Sa peau était chaude, comme s'il avait de la fièvre, mais peut-être était-ce une température corporelle normale pour les Vikingar. Son corps n'avait rien de mou, aucune poignée d'amour, rien à empoigner hormis des muscles durs comme la pierre.

C'était bon. Tellement bon. Et si naturel.

Son odeur n'était que tentation à l'état pur, elle me rendait folle. J'appuyai mes lèvres contre sa peau, embrassai ses pectoraux, d'abord celui de gauche, puis celui de droite. Un grognement m'incita à lever les yeux. Il avait toujours les yeux perdus dans le vide, mais il avait complètement cessé de se débattre. Ça fonctionnait.

— J'ai besoin d'une chaise, marmonnai-je, refusant de le lâcher.

Je ne voulais pas prendre le risque de savoir si l'effet de mon étreinte serait permanent ou si Njal se transformerait en Viking enragé dès que j'arrêterais de le toucher.

Un des Albyens apporta une chaise et la posa à côté de moi. Tout en continuant de l'enlacer avec un bras, je rapprochai la chaise de moi et montai dessus. Légèrement plus grande que Njal à présent, je pouvais le voir sous un tout nouvel angle. Je pris ses joues dans le creux de mes mains, sa barbe me chatouilla la peau, et je pris une grande inspiration. Voilà. J'allais embrasser un inconnu. Mais non, ce n'était plus un inconnu. Et mon corps me criait de me dépêcher. Je n'avais jamais désiré quelqu'un comme je le désirais en cet instant précis.

Alors je l'embrassai. J'appuyai mes lèvres contre les siennes, en attendant la moindre réaction.

Au début, rien ne se passa. Il était immobile, un peu absent. Je m'arrêtai un instant, pour lui donner le temps de réagir, puis je l'embrassai à nouveau, plus intensément cette fois. Je passai la main dans ses cheveux, tandis que le pouce de mon autre main dessinait des cercles sur sa pommette. Nos corps étaient plaqués l'un contre l'autre, mais ce n'était que de mon fait, aucune réaction de sa part. Abstraction faite de l'érection énorme appuyée contre mes cuisses.

— Njal, chuchotai-je. Reviens.

Puis je l'embrassai une troisième fois. J'oubliai les autres hommes qui retenaient toujours Njal, j'oubliai Pam, et surtout, j'oubliai tout ce qui s'était passé. Il n'y avait plus que Njal et moi en ce moment, deux personnes que les astres avaient réunies. Parce que je le sentais. Je l'avais toujours senti. Et depuis l'instant où mes lèvres avaient touché les siennes, j'en étais certaine.

C'était mon âme sœur.

C'était exactement comme les autres femmes l'avaient décrit après avoir rencontré leur compagnon albyen. Sauf qu'elles n'avaient pas été enlevées et s'étaient davantage concentrées sur ce qui se passait dans leur corps. À présent, je ne pouvais plus le nier. Mon corps le désirait passionnément. Ma culotte était trempée, mes seins lourds et gonflés, et ce bourdonnement en moi ne laissait aucun doute : j'avais des papillons dans le ventre. Peu m'importait que je ne le connaisse pas, que nous ne nous étions jamais raconté qui nous étions, ce que nous aimions, quels étaient nos rêves. Tout ceci viendrait plus tard.

D'autres femmes, qui n'avaient pas vu ce phénomène arriver à d'autres auparavant, auraient pu rester perplexes, lutter contre ce lien, vouloir faire les choses à la terrienne. Mais pas moi.

Je plantai mon regard dans les yeux bleu nuit de Njal, me laissant happer par leurs profondeurs tourbillonnantes.

— Je suis ta moitié, murmurai-je d'une voix à peine audible.

Une étincelle de vie s'alluma dans ses yeux, puis lentement, il se réveilla. Son visage s'anima, débarrassé de son expression rêveuse, entièrement éveillé et empreint de désir. Il ne sembla pas surpris de me trouver si près de lui. Il sourit, juste un instant, puis ses lèvres s'écrasèrent contre les miennes.

Mes tentatives timides pour le faire réagir ne méritaient pas d'être qualifiées de baisers. Ce n'était rien comparé à ça.

Je n'avais pas les mots pour décrire les choses que Njal faisait avec ses lèvres. Exigeant et doux à la fois, il apposait sa marque sur moi tandis que nos souffles s'entremêlaient et que nos lèvres bougeaient en harmonie. Quand sa langue plongea dans ma bouche, un petit bruit s'échappa du fond de ma gorge.

— Tout le monde dehors, dit Pam.

Sa voix semblait lointaine. Je l'ignorai, tout comme j'ignorai le défilé de pas que j'entendais quitter la pièce pour nous laisser en paix.

La seule chose qui m'importait, c'était notre baiser, notre première union. La hache de Njal tomba par terre avec fracas, puis il m'enlaça, me plaqua fermement contre son corps. Une main glissa sous mon chemisier tandis que l'autre me tenait fermement. J'aurais voulu qu'il porte un haut. J'avais besoin de me raccrocher à quelque chose, d'un point d'ancrage dans ce tourbillon de passion. Ses caresses prenaient toute la place, submergeaient mes sens, et son baiser me coupait le souffle.

Sa langue explorait ma bouche, mais chaque fois que j'essayais de lui rendre la pareille, le baiser se transformait en lutte de pouvoir. Il n'était que puissance et domination. Un pillard raflant son butin. Quand j'y parvins, une chose aiguisée m'égratigna la langue. Ses incisives étaient plus pointues que celles d'un humain, mais pas assez pour me faire saigner. Un autre détail qui me rappelait que j'embrassais un alien.

Le temps devint un concept étrange, abstrait. Chaque seconde était aussi importante qu'une année, mais elles défilaient si vite que ma tête se mit à tourner. Je n'existais que pour ce moment, tout en redoutant l'instant où il prendrait fin. Alors je me cramponnais à lui, mes ongles s'enfonçaient dans ses omoplates, dans l'espoir que ce baiser dure éternellement. À chaque battement de cœur, nous devenions plus proches. Je sentais presque le lien se tisser entre nous. Pas un lien magique, visible, mais quelque chose d'intuitif, niché quelque part dans ma poitrine, qui reconnaissait qu'il m'appartenait.

Ses mains descendirent pour empoigner mes fesses. Lorsqu'il glissa un doigt sous l'élastique de ma jupe, ma respiration se bloqua dans ma gorge. Jusqu'où étais-je prête à le laisser aller ? Jusqu'au bout ? Peu m'importait que nous soyons dans une salle de réunion. Peu m'importait que ma patronne soit dehors. Peu m'importait que nous brûlions les étapes. Mais je voulais aussi que ce moment soit spécial. Qu'il dure. Que ce soit beau. Et ça ne pouvait pas se passer ici, maintenant.

Je dus mobiliser tout mon self-control pour rompre le baiser. J'étais à bout de souffle, j'avais les lèvres gonflées, la peau qui fourmillait.

— Je suis ta moitié, dit Njal d'une voix douce, répétant ainsi les mots que j'avais prononcés tout à l'heure. Et tu es la mienne.

Sa voix était empreinte de révérence et d'incrédulité. Mes propres émotions reflétaient les siennes. Est-ce que c'était réel ? Étais-je vraiment liée à un Viking extraterrestre ?

— Je ne vais pas tenir longtemps comme ça, souffla-t-il. J'ai besoin de te prendre, ou je vais encore perdre la tête.

Il y avait des traces de panique dans ses magnifiques yeux sombres. Plus tard, je lui demanderais ce qui s'était passé, où son esprit était parti divaguer, mais ce n'était pas le moment.

— Est-ce que tu peux tenir encore trente minutes ? Euh, vingt clics IG ?

Il inclina la tête.

— Pour toi, oui. Mais je vais avoir besoin d'un nouveau pantacourt après ça.

— Parfait. Alors j'ai besoin de passer quelques coups de fil.

16

ᚾᛁᚲᛁᚲᛏ

Njal

L e véhicule de transport périten n'avait clairement pas été conçu pour les Vikingar. Je devais baisser la tête pour pouvoir m'asseoir sur la banquette arrière. La combiflage qu'un des Albyens m'avait prêtée était inconfortable, elle me démangeait de partout. Steff, qui était appuyée contre le côté du petit véhicule, occupait très peu d'espace comparé à moi. Nos cuisses se touchaient, ce qui était la seule raison pour laquelle je ne perdais pas la raison à nouveau.

Je ne savais même pas ce qui s'était vraiment passé. J'avais tellement rêvassé que le rêve éveillé était devenu un piège. Des ennemis sans visage m'avaient acculé, empêché de rejoindre ma compagne. Je n'avais eu d'autre choix que de me battre. Quelque part dans les méandres profonds de mon esprit, j'avais été conscient que ce n'était pas réel, mais cette petite voix n'avait pas été assez forte. Alors j'avais combattu mes ennemis jusqu'à ce que la voix de Steff perce soudain à travers le rêve. Chaque fois qu'elle avait prononcé un mot, le tissu de ma réalité onirique s'était effiloché, jusqu'à ce que son contact le déchire en lambeaux. Me réveiller avec ses lèvres contre les miennes avait été le meilleur moment de ma vie. Puis le baiser qui l'avait suivi l'avait détrôné.

J'avais déjà embrassé des femmes, bien sûr, mais c'était sans commune mesure. Un désir débridé avait amplifié chacun de nos gestes, chacune de nos caresses. Nous étions alors en totale harmonie, deux âmes qui fusionnaient.

Puis elle s'était arrêtée. Steff était plus forte que moi. J'avais encore son goût sur la langue. Et dès que nous arriverions à destination, je comptais l'embrasser encore et encore. Je ne savais pas trop où nous allions exactement, mais je lui faisais confiance.

— Est-ce que c'est ta version personnelle d'un enlèvement par des aliens ? lui demandai-je.

Elle eut un sourire en coin.

— Peut-être bien. Mais tu remarqueras que je n'utilise ni menaces, ni entraves, ni seringues pour te droguer. Tu vois la différence entre nous ?

Je ne savais pas trop si elle plaisantait ou si elle voulait que je m'excuse à nouveau.

— Je suis dés...

— Je sais, m'interrompit-elle. Et tu vas me le prouver en nettoyant ma salle de bain. Mais pas maintenant.

— Où est-ce que tu m'emmènes ?

Son sourire s'élargit.

— À l'hôtel le plus luxueux de Glasgow. Il y a des lits à baldaquin là-bas et j'ai toujours voulu...

Elle jeta un coup d'œil à la barrière qui séparait notre capsule passagers du conducteur. Ce véhicule n'était-il pas insonorisé ? Je devais faire attention à ce que je disais. Ma présence sur Péritus enfreignait déjà des dizaines de lois intergalactiques. Jusqu'à présent, je ne m'en étais pas soucié, mais maintenant que j'avais une compagne, je ne voulais pas qu'elle ait des ennuis.

— Qu'est-ce qu'un lit à baldaquin ? demandai-je.

— Tu verras. C'est très romantique. C'est tout l'intérêt. J'ai envie qu'on reprenne les choses depuis le début. On pourra se faire des sorties plus tard, et tu pourras...

Elle baissa la voix pour que le conducteur ne nous entende pas.

— Tu pourras faire toutes les choses que tu as menacées de faire à bord du *Valkyr*, mais pas la première fois.

Qu'avais-je dit sur mon vaisseau ? Pendant un instant, ce fut le vide total dans mon esprit. Puis la mémoire me revint. J'avais menacé de l'attacher. Mon sexe tressaillit dans mon pantacourt. Était-elle intéressée par ce genre de pratiques ? Si c'était le cas, ma compagne venait de devenir encore plus désirable.

— Ce n'est plus très loin. Je suis contente qu'ils aient eu une chambre disponible. La suite nuptiale, en plus. Ça coûte la moitié de ce que je gagne en un mois, mais j'imagine que je n'aurai plus besoin de mes économies terrestres bien longtemps.

— Non, en effet, la rassurai-je. C'est moi qui paierai tout. Tu n'auras plus jamais à dépenser tes propres crédits. J'en ai assez pour nous deux. Et pour notre future famille.

— Pas si vite. Attendons notre troisième rencard pour avoir cette conversation. Mais est-ce que tu sous-entends que tu es riche ?

Pour la première fois, j'étais ravi de l'héritage inattendu que j'avais reçu. Je l'aurais volontiers rendu si ça avait pu ramener mon peuple, ma planète, mais si je pouvais l'utiliser pour choyer ma compagne, au moins ça avait du sens.

— Tout à fait, répondis-je avec un sourire. Mon équipage et moi sommes parmi les personnes les plus riches de toute la galaxie.

— Comment ça se fait ? s'exclama-t-elle. Est-ce que vous avez pillé des vaisseaux très riches ?

Je m'efforçai de continuer à sourire, même si ça me demandait un effort colossal.

— Quand Jörð a été détruite, la richesse combinée de tous les habitants a été redistribuée entre les survivants. Un milliard de personnes sont mortes. Ça fait beaucoup de crédits, même une fois divisés par mille.

Ses yeux s'agrandirent.

— Je suis vraiment désolée. Je n'avais pas réfléchi. Je ne voulais pas te rappeler ce qui s'est passé.

Elle tendit la main pour me prendre la mienne. Je baissai les yeux, reconnaissant à peine la teinte de peau artificielle que la combiflage me donnait. J'avais hâte d'ôter ce truc et de retrouver mon apparence naturelle.

— Pourquoi est-ce que tu continues à piller ? demanda-t-elle après un moment de silence. Si tu as tout cet argent ? Pourquoi ne pas prendre ta retraite, te faire un joli chez-toi quelque part ?

— Je suis un Vikingr. C'est dans ma nature. Et puis, rester fidèle à nos traditions nous a aidés à surmonter l'épreuve. J'ai appris très vite que mon équipage avait besoin d'une routine familière, alors on a continué comme avant. J'espérais bien prendre ma retraite un jour, mais seulement une fois que j'aurais trouvé ma compagne.

Ses yeux s'illuminèrent.

— Tu l'as trouvée maintenant.

— Oui, je l'ai trouvée.

Le véhicule s'arrêta. Pendant que Steff payait le conducteur avec un étrange petit rectangle en plastique, je luttai pour sortir de cette cage métallique. Je me cognai la tête en sortant, mais c'était un prix acceptable à payer pour pouvoir me tenir debout. Les Péritens qui passaient à côté de nous nous jetaient des regards étranges. Je vérifiai ma combiflage, mais elle était toujours en place. Peut-être était-ce parce que j'étais plus grand que la plupart d'entre eux. Maintenant que je voyais beaucoup de Péritens entassés dans un endroit, je constatais à quel point ils étaient différents les uns des autres. Couleurs de peau différentes, coiffures différentes, tailles différentes.

Il n'y avait pas autant de diversité chez les Vikingar. Nous avions tous plus ou moins la même couleur de peau, bien que nos couleurs de cheveux varient entre le blanc, le noir, des tons argentés et des nuances de bleu. Et aucun Vikingr ne s'autoriserait jamais à devenir aussi gros ou mince que certains Péritens que je voyais. Ces mâles n'étaient clairement pas des guerriers qui devaient se battre pour survivre et protéger leurs proches. Nombre de Péritens portaient des vêtements étranges, mais ils couvraient toujours leur torse, y compris les hommes. Comment les femelles pouvaient-elles juger de la prouesse d'un mâle si ses muscles n'étaient pas bien visibles ?

Dans l'ancienne tradition vikingr, les mâles célibataires se promenaient torse nu – à moins qu'ils ne partent au combat – et si une femelle était intéressée par l'un d'eux, elle lui cousait une tunique. Si l'intérêt était réciproque, il portait la tunique jusqu'à ce qu'elle s'effiloche et tombe en lambeaux, ce qui signifiait que leur relation était désormais permanente. Bien sûr, ça ne concernait que les couples qui n'étaient pas de véritables âmes sœurs. Certains Vikingar ne trouvaient jamais la leur, ou bien cessaient de la chercher et se contentaient de vivre avec un partenaire qu'ils aimaient ou qui leur plaisait.

— L'hôtel est juste là, dit Steff, me tirant ainsi de mes pensées.

Le véhicule s'éloigna, bon débarras. Pour repartir, nous nous téléporterions. J'étais certain d'avoir des bleus à la tête à force de me cogner contre le plafond bas.

Je suivis ma compagne par une entrée décorée, menant à des portes en verre que deux Péritens tenaient ouvertes. Ils portaient le même uniforme bleu marine, avec des rayures verticales dorées sur le côté de leur pantalon.

— Avez-vous des bagages ? demanda l'un d'eux.

— Pas du tout, répondit Steff d'un ton joyeux en me lançant un regard amusé.

Je ne comprenais pas tellement ce qu'il y avait de drôle là-dedans, mais je lui rendis son sourire. J'avais mal aux muscles du visage à force de sourire. J'avais comme l'intuition que ça ne ferait que s'intensifier au cours des rotations futures. J'avais enfin une raison de sourire à nouveau.

Je laissai Steff prendre les devants et discuter avec une femme assise derrière une table en bois foncé. Elle lui remit une clé, ainsi qu'un autre exemplaire de ces fameuses cartes en plastique. C'était très étrange.

Nous montâmes un grand escalier en spirale tapissé d'une moquette rouge moelleuse. Notre chambre était au bout d'un couloir éclairé par des torches artificielles. L'atmosphère de cet endroit me plaisait. Les murs en pierre évoquaient un passé ancien et traditionnel, tandis que d'autres éléments reflétaient une époque plus moderne. À supposer qu'on puisse qualifier l'état de développement actuel des Péritens de moderne. Il leur faudrait encore de nombreuses générations avant d'atteindre la technologie dont nous disposions sur Jörð.

Lorsqu'elle déverrouilla la porte et entra dans la chambre, Steff s'exclama :

— C'est incroyable !

D'habitude, j'aurais insisté pour entrer en premier pour éliminer toute menace potentielle, mais c'était son territoire – et puis j'aimais regarder ses jolies fesses quand elle marchait devant moi. Ma queue était toujours aussi dure que de la roche. Mais plus pour longtemps désormais.

La chambre était immense, aérée et luxueuse, même pour les standards péritens. Un lit assez grand pour accueillir des Vikingar se trouvait à notre droite, avec une sorte de plafond en bois tenu en l'air par quatre poteaux. Des rideaux cramoisis étaient suspendus à ce plafond, et maintenus sur les côtés pour que nous puissions monter dans le lit. Je supposai qu'il s'agissait là d'une tradition péritenne permettant à un mâle et à sa femelle de s'accoupler en privé tandis que leur progéniture ou leurs beaux-parents étaient dans la même pièce.

— J'ai toujours voulu dormir dans un lit à baldaquin ! s'exclama Steff. Même si je crois qu'on ne va pas uniquement dormir.

— C'est une certitude.

L'instant d'après, j'étais derrière elle. Je la fis pivoter vers moi, posai mes mains sur ses joues, puis mes lèvres s'écrasèrent contre les siennes. Elle eut un hoquet de surprise lorsque je l'embrassai passionnément.

Nous étions seuls à présent. Nous étions arrivés dans le lieu que Steff avait choisi pour notre premier accouplement.

Alors, j'abandonnai toute retenue. J'arrachai la combiflage de mon corps, la réduisant en charpie. Il était temps de posséder ma compagne.

ⴌⵏⵔⵏⵔⵜ

Steff

Notre premier baiser m'avait paru incroyable. Celui-ci était encore mieux. Njal dévorait ma bouche, et quand ses mains commencèrent à parcourir mon corps, je ne pus réprimer un gémissement. Je me cambrai vers ses mains, cherchant désespérément à recevoir toujours plus de caresses. La pulsation entre mes jambes atteignait des sommets de désir. J'avais envie de lui. Oh putain, j'avais tellement envie de lui.

Sans prévenir, il m'attrapa par les hanches et me poussa sur le lit. Un instant plus tard, mon chemisier était en lambeaux, les boutons volaient dans tous les sens. Il se mit à califourchon sur moi, et je vis que ses yeux presque noirs étaient assombris par la même voracité insatiable qui m'animait. Il m'embrassa encore une fois, intensément et fougueusement tandis que sa barbe m'éraflait la peau. Puis il se redressa, les yeux rivés sur mon soutien-gorge, et comme s'il avait décidé de ne pas le détruire à l'instar de mon chemisier, il se contenta de le baisser, libérant ainsi mes seins. L'air frais s'abattit sur mes tétons, apaisant la douleur. Ils étaient durs depuis le début de journée et le soutien-gorge avait commencé à devenir vraiment inconfortable.

Ses gestes étaient rapides, plus rapides qu'ils n'étaient censés l'être. Il me regardait comme si j'étais un morceau de viande qu'il était sur le point d'avaler tout entier, quand d'un coup ses lèvres se retrouvèrent agrippées à mon téton et se mirent à le sucer fort. Je poussai alors un gémissement, un son si empreint de désir qu'il leva les yeux vers moi, sans pour autant relâcher mon téton. Nos regards se croisèrent. Une obscurité tourbillonnait dans ses yeux, une obscurité chaleureuse qui était accueillante et réconfortante. Je me laissai envelopper par elle, cédai au désir qui bouillonnait en moi. J'abandonnai toutes mes peurs et mes inhibitions, acceptant les pulsions que mon corps exprimait.

— Compagne, dit Njal d'une voix rauque.

C'était à la fois un ordre, une acceptation, une déclaration.

— Compagnon, soufflai-je.

Il lécha mon téton une dernière fois, en serrant mon autre sein dans son immense main, puis il descendit du lit à une telle vitesse que je ne pus le voir ou le comprendre. Il baissa son pantalon, révélant son sexe.

Je me redressai légèrement, stupéfaite face à ce spectacle. Oh. Mon. Pauvre. Vagin.

Comment est-ce que c'était censé rentrer ?

Son sexe ressemblait plus ou moins à celui d'un humain, recouvert d'une peau soyeuse couleur indigo sans un seul poil à l'horizon. L'extrémité était lisse, à l'exception d'un minuscule trou au milieu, aussi large que le reste de la verge : pas de gland, pas de prépuce, et... Attendez, est-ce qu'il y avait bien quatre testicules qui se balançaient en dessous ? Oh mon Dieu. Au-dessus du sexe se trouvait une curieuse excroissance triangulaire. Si, ou plutôt *quand* il serait en moi, cette chose stimulerait mon clitoris. Wahou. Les Vikingar étaient conçus pour donner du plaisir aux femmes. À moins que j'interprète mal cette excroissance et qu'elle ait une autre fonction.

Mais son sexe était énorme. Je m'attendais à ce qu'il soit proportionnel à son corps immense, mais il était plus gros que ce que j'avais imaginé. Et si ces testicules étaient pleins de sperme...

Il me dévisageait avec un petit sourire prétentieux.

— Le spectacle te plaît ?

Je me léchai les lèvres et pris conscience que je salivais. Je n'avais jamais été fan des fellations, mais curieusement, j'avais vraiment très envie de le lécher. Le goûter. Le sucer comme il avait sucé mes tétons.

— Qu'est-ce que c'est ? demandai-je en pointant l'étrange excroissance.

— Ma hache nuptiale. Elle a commencé à pousser dès notre première rencontre. Elle n'apparaît qu'une fois qu'un Vikingr rencontre sa moitié. Chaque hache nuptiale est unique, conçue pour donner du plaisir à une seule femelle. Elle t'appartient maintenant. Pour toujours.

Je déglutis péniblement. Son corps avait *changé de forme* pour s'adapter à moi. Wahou. J'allais avoir besoin d'un peu de temps pour digérer ça.

— Je peux la toucher ?

En réponse, Njal agrippa les poteaux en bois du lit si fort que le bois grinça. Son visage crispé m'indiquait à quel point il avait du mal à se contrôler.

— Plus tard. Mets-toi à quatre pattes.

Sa voix rauque me fit frissonner. Et j'obéis, sans même remettre en question ce qui était sur le point de se passer. Dès que je fus à genoux, mes seins lourds pendant dans le vide, il se plaça derrière moi et abaissa ma jupe et ma culotte, exposant mes fesses. Ses mains se posèrent dessus, les écartèrent. Un de ses pouces descendit le long de ma raie, s'arrêta un instant sur mon trou contracté. Allait-il... Non, il poursuivit sa descente, jusqu'à ce qu'il ait atteint mon sexe moite et dégoulinant. Je n'avais pas besoin de préliminaires. J'avais été excitée toute la journée, toute la nuit d'avant, toute... je l'étais depuis notre première rencontre. Curieusement, à sa façon spécifiquement humaine, mon corps s'était préparé à cette union exactement comme le sien.

Il ne parla pas, ne laissant échapper que le bruit de sa respiration saccadée tandis qu'il positionnait son sexe face à mon entrée. Ses doigts écartèrent mes lèvres, et le contact de sa peau brûlante contre la mienne me rendit folle. Comment un simple contact pouvait-il être si délicieux ? Il n'était même pas encore en moi.

— Je... n'arrive... pas... grommela-t-il avant de perdre le contrôle.

Il s'enfonça en moi d'un coup sec. Douleur et plaisir se mêlèrent alors que mes doigts se cramponnaient aux draps soyeux, cherchant désespérément à s'agripper à quelque chose. Avec son sexe complètement enfoui en moi, il étirait le mien à la limite de ce que j'aurais cru possible. Sa hache nuptiale était plaquée contre mes fesses, les écartant légèrement, tandis que ses bourses appuyaient contre mon sexe trempé. Il m'empoigna les hanches à nouveau, brutalement et sans pitié, puis il me baisa.

Il le faisait à un rythme infernal. Inconcevable. Il allait et venait en moi à une vitesse que mes sens ne pouvaient percevoir. Chaque nouveau coup de reins était moins douloureux, car mon corps s'habituait à lui. Pendant qu'il me possédait par derrière, le claquement de ses boules contre ma peau nue martelait un rythme soutenu, qui se mêlait à mes gémissements essoufflés et à ses grognements. Je me demandais de quoi nous avions l'air, moi à quatre pattes, lui en train de me pilonner.

Je me sentais spéciale. Je m'offrais à lui, en le laissant me prendre comme ça. De l'extérieur, j'aurais pu paraître soumise, mais j'avais le sentiment d'être tout le contraire. J'étais puissante. Je me faisais prendre par un Vikingr qui avait modifié son anatomie pour me donner du plaisir.

Le lit grinçait sous notre poids chaque fois que Njal me percutait. Il maintenait ce rythme effréné sans aucun problème. À présent, je comprenais pourquoi il s'était montré impatient d'arriver ici. Il débordait d'énergie, animé par un désir encore plus fort que le mien.

— Compagne, rugissait-il encore et encore.

Je faisais écho à ses mots entre deux gémissements haletants. Je me rapprochais de plus en plus de l'orgasme, même sans que sa hache nuptiale ne touche mon clitoris. J'étais en feu, brûlante de désir, tandis qu'il continuait de me revendiquer, de me posséder.

À l'instant précis où je pensais ne plus pouvoir réprimer mon orgasme, il s'interrompit. Il me retourna, j'atterris sur le dos, et avant que j'aie le temps de comprendre ce qui se passait, il m'avait écarté les jambes et s'était à nouveau enfoncé en moi. Hébétée, je levai les yeux vers lui. Il n'y avait pas une seule goutte de sueur sur sa peau bleue, comme si ça ne lui demandait aucun effort. Ses pupilles étaient si dilatées que ses yeux ressemblaient à deux trous noirs qui m'aspiraient. Je l'observais, captivée, admirant l'adoration rêveuse dessinée sur son visage.

C'est alors que la hache nuptiale toucha mon clitoris et se mit à vibrer.

— Njal ! m'écriai-je.

Puis l'orgasme me submergea, inéluctable, féroce, accablant. Ce n'est pas moi qui pris la vague de plaisir, c'est elle qui m'emporta avec elle. C'est alors que des bras puissants m'enlacèrent étroitement et je me retrouvai soulevée dans les airs, plaquée contre la poitrine de Njal dont le sexe était toujours enfoui en moi. Mon dos heurta le mur et je passai instinctivement les bras autour de ses épaules, ainsi que mes jambes autour de sa taille. J'étais toujours dans un état de flottement, incapable de me concentrer sur ce qui se passait, et Njal me baisait à présent contre le mur en m'assaillant de coups de reins plus lents. Mon poids ne semblait pas du tout le gêner. Il me portait comme si je ne pesais rien. Dans cette position, la gravité lui permettait de s'enfoncer encore plus profondément en moi, plus loin que je ne l'aurais cru possible. Et rien que comme ça, je jouis à nouveau, explosant autour de lui, enserrant son sexe entre mes parois. Les vibrations de la hache nuptiale prolongèrent mon orgasme. Des sons féroces m'échappèrent, des gémissements, des halètements et des plaintes, jusqu'à ce que Njal hurle mon nom une dernière fois. Quand il jouit, je sentis son sperme chaud jaillir en moi, un orgasme tonitruant qui nous laissa tous deux essoufflés.

Il resta ainsi, tout au fond de moi, en me serrant si fort contre lui que je me demandai s'il me lâcherait un jour. Ses lèvres trouvèrent les miennes pour y déposer un baiser tendre, tranquille, tout le contraire de nos ébats brutaux. Sa langue caressa la mienne, me laissant son goût sucré et épicé à la fois, puis je me détendis sous ce baiser, et tout mon corps se liquéfia contre sa peau.

Au bout d'un moment, il se retira de mon sexe endolori et me porta jusque dans la salle de bain. Un grand bassin était encastré dans le sol, déjà rempli d'eau chaude. Il y entra, ignorant la jupe et le soutien-gorge agglutinés autour de ma taille, puis il commença à me laver avec ses mains. Ses gestes étaient si doux, si tendres que j'avais du mal à reconnaître le Vikingr qui m'avait baisée à m'en faire perdre la raison.

Il me nettoya, se nettoya lui-même, puis il me lança un sourire féroce. Voilà qui ressemblait davantage au Njal que j'avais appris à connaître.

Et puis il me posséda à nouveau jusqu'à ce que je crie son nom, et que je n'entende plus rien d'autre que ses mots murmurés :

— Tu m'appartiens.

18

ᚾᛁᚲᛁᚲᚨ

Njal

Nous restâmes là trois nuits, sans jamais quitter la chambre. Steff prolongea notre séjour, commanda de la nourriture et prévint sa supérieure. Je ne contactai mon équipage qu'une seule fois, pour leur donner pleine autorité de négocier avec les Albyens et leur dire de ne pas me déranger.

Pendant ces quelques jours, j'appris à connaître le corps et l'esprit de Steff. Quand le fýst s'atténuait pendant une heure ou deux, nous discutions, puis le désir devenait trop accablant et nous baisions. Étrangement, j'avais le sentiment que je la connaissais depuis toujours. Aujourd'hui, je comprenais mieux les propos de mes parents quand ils avaient tenté de m'expliquer le lien des âmes sœurs. « C'est comme si des âmes séparées à la naissance se retrouvaient enfin », avait souvent dit ma mère. Et c'est exactement ce que je ressentais. Plus nous parlions, plus nous réalisions à quel point nous allions bien ensemble. Ce qui ne signifiait pas que nous étions semblables en tous points, absolument pas. Mais nos différences et nos faiblesses se complétaient, nous rendaient plus forts ensemble.

L'esprit vif de Steff m'amusait, de même que ses excentricités péritennes. Alors que j'étais ravi de me promener nu dans notre chambre, elle préférait se couvrir d'un vêtement blanc moelleux, même si j'étais le seul homme à la voir nue. Non pas qu'elle soit timide dans d'autres circonstances. Elle faisait des choses avec sa langue qui me stupéfiaient. Et elle était heureuse de me laisser la prendre encore et encore, sans jamais se plaindre, même si je savais pertinemment qu'elle n'était pas habituée aux hommes aussi massifs que moi. J'essayais d'être doux, mais parfois je perdais le contrôle. Avec regret, je jetai un coup d'œil aux ecchymoses sur ses poignets, que j'avais agrippés un peu trop fermement en la baisant contre le mur. Elle m'avait dit qu'elle adorait ça, qu'elle aimait que je sois un peu brutal, mais j'allais quand même faire en sorte de lui procurer une pommade cicatrisante dès notre retour à bord du *Valkyr*.

Le quatrième jour, mon communicateur vibra. J'avais dit à mon équipage de ne me contacter qu'en cas d'urgence, alors je répondis en poussant un soupir. Le monde réel nous rattrapait.

L'hologramme de Rune apparut devant moi. Steff vint se placer à mes côtés, en se blottissant contre moi. Je passai un bras autour de ses épaules couvertes, ravi qu'elle soit habillée maintenant que nous avions de la compagnie.

— C'est Rune, lui chuchotai-je à l'oreille, bien qu'elle l'ait déjà rencontré lors de notre réunion entre Albyens, Vikingar et Hot Tatties.

— Capitaine, je sais que tu as dit de ne pas te déranger, mais je me suis dit que tu aimerais apprendre la nouvelle.

— Qu'est-ce qui se passe ? demandai-je en poussant un soupir mécontent.

— Les Albyens ont travaillé plus vite que prévu. Ils ont terminé leurs algorithmes de correspondance pour nous. On a rentré ton ADN dans le système et trouvé une correspondance, ce qui nous a confirmé que vous êtes bien des âmes sœurs, et que le système fonctionne. Tout le monde à bord a fourni des échantillons, et les Albyens ont déjà analysé les premiers avant de transmettre les données à l'agence. La femme Pam dit qu'il y a des correspondances, mais elle refuse de nous révéler les identités tant que vous ne nous aurez pas rejoints.

— C'est génial ! s'exclama Steff avant de m'adresser un sourire radieux. C'est une excellente nouvelle, pas vrai ?

Je souris face à son enthousiasme.

— Oui, en effet. Merci de m'avoir appelé, Rune. Est-ce qu'on vous rejoint à bord du *Valkyr* ou à l'agence ?

— Rendez-vous à l'agence pour qu'on puisse discuter sans tarder des correspondances. Est-ce que vous allez prendre le transport périten à nouveau, ou...

— Non, l'interrompis-je aussitôt. Téléporte-nous là-bas.

— C'est parti. Téléportation dans trois, deux, un...

— Attends ! s'écria Steff, mais c'était trop tard.

Le faisceau de téléportation nous enveloppa et tout devint blanc.

— Super, maugréa ma compagne en resserrant la robe de chambre autour de son corps. Je n'ai même pas eu le temps de me brosser les cheveux. Et regarde-toi. Tu es nu. Dans le bureau de ma patronne. Je suis sûre que ça enfreint tout un tas de lois du travail.

Je haussai les épaules. Tant qu'aucune femelle célibataire n'était présente, je ne voyais pas d'inconvénient à être nu. Mon pantacourt était quelque part dans la chambre d'hôtel, abandonné là dès le premier jour, et je ne l'avais jamais remis depuis. Et la combiflage n'était plus en état d'être portée.

Le faisceau de téléportation nous avait déposés dans le petit bureau de Pam, et non dans le sous-sol comme la dernière fois. Depuis notre première visite, mon équipage avait pu cibler le système avec une plus grande précision, ce qui permettait de nous téléporter n'importe où dans le bâtiment.

Ma compagne attrapa un petit paquet enveloppé dans du plastique et en tira une grande serviette. Lorsqu'elle la déplia, un affreux Périten ailé vêtu d'un kilt me dévisagea.

— Des goodies, expliqua Steff. On a reçu des échantillons gratuits. Je suis sûre que Pam ne verra pas d'inconvénient à ce qu'on utilise une des serviettes de plage. Ce n'est pas comme si elles allaient beaucoup servir par ce temps écossais.

Elle me tendit la serviette, que j'enroulai autour de ma taille juste à temps quand nous entendîmes des pas approcher.

— Steff !

Pam arriva en courant depuis la réception, avec sa poitrine généreuse qui rebondissait sous son chemisier rose criard.

— Comment tu vas ? Je commençais à m'inquiéter.

— Tout va bien. Mieux que bien, en fait. Ça irait encore mieux si je portais des vêtements appropriés, mais ce peignoir a probablement coûté plus cher que toute ma garde-robe. Je n'avais jamais séjourné dans un endroit aussi chic que cet hôtel.

— Et on a cassé le lit, ajoutai-je de façon fort utile.

Steff me lança un regard.

— Ben, on a fissuré un des montants du lit. Je suis sûre qu'il était déjà vieux.

Pam remua les sourcils de manière suggestive.

— Je n'en doute pas. Les autres Vikingar viennent d'arriver, ils sont en route vers la salle de réunion. Les Albyens ne se joindront pas à nous aujourd'hui. Ils rentrent chez eux, maintenant qu'ils ont fini de mettre en place un système pour nos nouveaux amis extraterrestres.

Nous la suivîmes jusqu'à la même grande salle où nous nous étions rencontrés quatre jours auparavant. J'avais l'impression qu'une petite éternité s'était écoulée depuis ce jour.

Pam prit place à côté de Steff et se pencha vers ma compagne.

— Comment c'était ? Est-ce qu'ils sont aussi doués au lit que les Albyens ?

— Pam !

Steff rit avant de baisser la voix.

— Incroyable. Absolument époustouflant. Je ne sais pas comment j'ai pu aimer faire l'amour avec des humains. C'était... extraordinaire.

— Formidable. On pourra l'ajouter à la nouvelle brochure. Sexe extraordinaire garanti. À moins que Njal ne soit une exception parmi son peuple ?

— Je vous entends, dis-je avec douceur. Et bien que je sois particulièrement bien gâté, je ne peux pas prétendre être une exception. Les Péritennes seront tout aussi satisfaites avec les autres mâles de mon équipage, je vous l'assure.

— C'est ce que tous les propriétaires d'agences de rencontres veulent entendre, dit Pam en riant. Tous les Vikingar de votre vaisseau qui le souhaitaient ont été soumis au test. Les Albyens sont encore en train de traiter la plupart des résultats, mais nous avons reçu les premiers. Les autres Vikingar d'autres vaisseaux peuvent envoyer leurs échantillons directement à Albya ou à l'une de leurs ambassades. Ils m'ont assuré qu'ils feront de ces tests une priorité.

— Ceux qui le souhaitaient ? répétai-je, prenant conscience de ce que ça signifiait. Quelqu'un a refusé ?

— Un seul. Je ne me souviens plus de son nom. Il a perdu sa femme et dit qu'il n'est pas prêt à trouver une nouvelle compagne.

Il y avait plusieurs hommes à bord du *Valkyr* qui avaient perdu leurs compagnes ou leurs kvenna. Ça pouvait être n'importe lequel d'entre eux.

Des voix et des pas lourds annoncèrent l'arrivée de mes camarades vikingar. Quatre d'entre eux étaient venus. Torsten, Errik, Rune et Klav. Ce dernier brandit un scanner médical vers moi avant que j'aie le temps de l'en empêcher.

— Exactement ce que je pensais. Le fýst commence à s'atténuer.

Encore quelques jours, et tu auras de nouveau pleinement contrôle de ta queue.

Il me tapota l'épaule, ce à quoi je répondis par un grognement. Je ne voulais pas que les femelles voient mon équipage interagir ainsi avec moi. J'étais le capitaine, le chef, le mâle le plus important. Je ne tolérerais plus ce genre de comportement, surtout maintenant que j'avais une compagne à impressionner.

— C'est pour quand, le brullaup ? demanda Torsten en prenant place à mes côtés.

— On n'a pas encore décidé. On aimerait trouver des compagnes à tout le monde en priorité, avant de célébrer publiquement notre union, répondit Steff à ma place.

Je lui avais expliqué certaines des anciennes traditions vikingar, et réciproquement, elle m'avait parlé des « mariages » péritens. Nous comptions puiser dans les deux cultures pour planifier notre cérémonie officielle de brullaup, mais dans l'immédiat, nous avions d'autres priorités. J'étais heureux que Steff voie les choses de la même manière que moi. Ça aurait été irrespectueux envers les Vikingar célibataires d'étaler notre bonheur alors qu'ils cherchaient encore leurs propres femelles.

— Est-ce que ça veut dire que tu continueras à travailler pour moi ? demanda Pam d'un ton un peu hésitant. Je ne veux évidemment pas te mettre la pression, mais je n'aurais pu rêver meilleure collaboratrice que toi. D'ailleurs, j'avais prévu de te proposer de devenir mon associée, avant que tu te fasses enlever et que toute cette histoire se passe.

Steff semblait prise au dépourvu par cette proposition, mais son étonnement laissa rapidement place à une joie sincère.

— C'est vraiment gentil de ta part, Pam. On n'a pas vraiment parlé de ce qu'on allait faire, d'où est-ce qu'on allait vivre. Pour l'instant, je vais continuer à travailler chez Hot Tatties et aider à trouver des compagnes pour les autres Vikingar, mais je ne peux pas garantir que je resterai ici de façon permanente. Njal et moi allons bien voir comment les choses évoluent. Donc je ne crois pas que ce soit une bonne idée d'accepter ton offre, au cas où je finirais par partir dans quelques mois. Ce serait sûrement un cauchemar administratif.

Pam hocha la tête chaleureusement.

— Je comprends. L'offre reste valable, peu importe ta décision. Même si tu pars, ce serait bien d'avoir une ambassadrice au sein des Vikingar, comme le fait notre amie Jenny sur Albya. Une fois qu'on aura trouvé des femmes compatibles avec les Vikingar, elles auront besoin de quelqu'un qui comprend leur situation. Une intermédiaire. Donc maintenant que j'y pense, je crois que tu devrais accepter l'offre même si tu ne restes pas sur Terre. Hot Tatties sera toujours ta maison, où que tu sois dans l'univers.

Ma compagne renifla, et ses yeux furent soudain très humides. Je lui pris la main, pour lui offrir mon soutien silencieux. Elle cligna plusieurs fois des yeux, m'adressa un sourire reconnaissant, puis se tourna à nouveau vers Pam.

— Merci, ça me touche vraiment. Maintenant, avant que je devienne cucul la praline, Rune a mentionné que vous aviez trouvé des correspondances pour les Vikingar ?

— En effet. Trois pour l'instant, mais je suis sûre qu'il y en aura d'autres. Tu veux bien annoncer qui sont les heureux élus ?

Pam tendit à Steff une enveloppe en papier vieillotte. Je reportai mon attention sur mon équipage. Leurs yeux étaient braqués sur cette enveloppe comme si elle contenait le trésor le plus précieux de la galaxie. Un seul homme restait à l'écart, le regard nonchalamment rivé sur le plafond comme s'il n'en avait rien à faire. Errik. Mon cœur se serra. Ce devait être lui qui avait refusé de faire le test.

Il avait perdu sa kvenn, sa femelle, lors de la destruction de notre planète. Ce n'était pas son âme sœur à ma connaissance, mais de nous tous, il était de ceux qui avaient été le plus ravagés par le chagrin. Il n'avait presque rien dit au cours de la première rotation, sans parler de son appétit. Il s'était laissé dépérir, ne devenant plus que l'ombre de lui-même au point que j'avais dû prendre des mesures drastiques pour l'empêcher de s'autodétruire. Je me demandais parfois s'il me reprochait de l'avoir forcé à rester en vie.

Steff sortit un bout de papier de l'enveloppe et l'étudia attentivement. Puis elle leva les yeux, et se concentra à tour de rôle sur chacun des Vikingar réunis.

— J'ai bien peur qu'aucun de vous n'en fasse partie. Mais je suis sûre qu'on ne va pas tarder à trouver vos moitiés. Njal, comment veux-tu qu'on procède ? Est-ce que tu veux inviter les trois heureux élus ici ? Ou est-ce que c'est mieux de leur annoncer à bord du *Valkyr* ?

— Faisons ça sur le *Valkyr*. Tu pourras leur expliquer les prochaines étapes.

Steff haussa les épaules.

— Je ne connais même pas les prochaines étapes. Avec les Albyens, on faisait venir un vaisseau qui les emmenait sur Albya, où elles passaient du temps avec leur moitié avant de décider si elles voulaient rester. Est-ce que tu as de la place pour que toutes ces femmes embarquent sur le *Valkyr* ? Ou est-ce que ce serait préférable d'organiser les rencontres ici sur Terre ?

— Il faut que ça se passe dans l'espace, dit Pam avant que j'aie le temps d'exprimer mon opinion. Il ne faut pas que les dames rentrent chez elles quand elles découvriront qu'on leur a trouvé un compagnon extraterrestre. S'il n'y a pas assez de place à bord du *Valkyr*, peut-être qu'on devrait organiser les rencontres dans un lieu neutre ? Une station spatiale de l'UIG, peut-être ?

— Non, on va leur faire de la place, décrétai-je. Transformer le *Valkyr* en foyer temporaire pour les femelles et leurs compagnons vikingar. Tous ceux à qui on n'aura pas encore trouvé de compagne pourront rester ici sur Péritus jusqu'à ce qu'on achète un deuxième vaisseau. Ou un troisième. Si vous trouvez des compagnes pour tout le monde, on aura besoin de beaucoup d'espace.

Pam sourit joyeusement.

— On fera de notre mieux. Steff, je te charge de veiller à ce que le vaisseau soit adapté à l'accueil de plusieurs humaines pendant un mois. C'est la durée de séjour obligatoire sur Albya et ça a bien fonctionné. Ces femmes auront la chance de ne pas faire un mois de voyage avant de rencontrer leur compagnon. Mais peut-être qu'on devrait leur laisser un jour ou deux à bord du vaisseau pour s'acclimater à la vie dans l'espace.

— Je suis d'accord, répondit Steff. Il ne faut pas les jeter directement dans le grand bain.

Elle me lança un regard sévère. Je ne comprenais pas cette expression de visage, mais je saisissais l'idée générale. Elle me rappelait son enlèvement.

— Je vais nettoyer ta salle de bain, dis-je aussitôt, ce qui la faisait toujours rire et la calmait chaque fois que nous abordions le sujet.

Une fois de plus, ça fonctionna. Elle émit un petit rire, et ses yeux s'illuminèrent de joie.

— Oh, oui, crois-moi. Et les toilettes aussi. C'est ce qu'il y a de pire. Mais en tout cas, Pam, j'aimerais bien enfiler une tenue appropriée. Ensuite, Njal pourra m'emmener sur le *Valkyr* et me faire visiter comme il se doit. J'aurais bien aimé faire ça lors de mon premier séjour à bord, mais je n'en ai pas eu l'occasion.

Je soupirai, vaincu.

— Salle de bain.

ÉPILOGUE

ⴱⵉⵔⵉⵔⵜ

Steff

J'étais en ébullition. Les premières femmes étaient sur le point d'embarquer à bord d'une navette pour rejoindre le *Valkyr*. Nous avions décrété que ce serait un choc trop brutal de les téléporter, donc elles auraient droit à un trajet paisible en navette qui leur offrirait les vues les plus spectaculaires de la Terre. Ce qui leur ferait vraiment comprendre qu'elles allaient rencontrer des extraterrestres.

Mon propre extraterrestre se tenait à côté de moi, et me tenait par la main. Nous restions constamment en contact physique. Ça nous aidait à gérer les vagues de désir qui continuaient de nous submerger plusieurs fois par jour. Comme nous n'avions pas le temps de baiser comme des lapins toutes les heures, c'était notre façon d'entretenir l'envie de faire l'amour. Nous devions quand même nous retirer au moins deux fois par jour dans notre cabine, ce qui était toujours accueilli par les regards amusés des membres de l'équipage.

Ça faisait deux semaines que j'étais à bord du *Valkyr*, entrecoupées par quelques trajets vers la Terre pour voir Pam et faire des courses. J'avais essayé de rendre le *Valkyr* aussi accueillant que possible, avec beaucoup de coussins, de couvertures colorées, et bien sûr de la nourriture humaine. Un des Vikingar, Torsten, m'avait aidé à télécharger de la musique terrestre dans les ordinateurs du vaisseau, et il avait réussi à pirater plusieurs services de streaming pour nous fournir des divertissements connus. Le choc culturel serait ainsi moins violent à bord du *Valkyr* que sur Albya. Nous avions appris de ces trois ans passés à former des couples albo-humains, donc ce nouveau groupe de petites chanceuses allait se régaler.

— Je veux te montrer quelque chose, dit soudain Njal. Avant qu'elles arrivent et que ça soit la folie.

Cette prédiction était probablement juste. Nous avions sélectionné dix femmes qui seraient nos premiers cobayes. Leurs compagnons se trouvaient actuellement sur Terre, cachés dans un cottage que nous avions loué dans les Highlands. Njal avait commandé un deuxième vaisseau, plus grand que le *Valkyr*, mais il faudrait attendre au moins un mois encore avant son arrivée. J'avais découvert que ce n'était pas aussi facile d'acheter un vaisseau spatial qu'une voiture.

Njal me guida dans les couloirs désormais familiers, jusqu'à ce que nous arrivions devant la salle de simulation. De vieux souvenirs refaisaient surface, alors je serrai sa main plus fort. Il m'y avait séquestrée. J'étais alors dans un état épouvantable, effrayée, en pleurs. Jusqu'à présent, j'avais évité cette partie du vaisseau. Pourquoi m'avait-il amenée ici ?

Comme s'il avait deviné ma question, il me serra la main.

— Je suis désolé pour ce que j'ai fait. C'était mal de t'enlever, de te séquestrer. Mais aujourd'hui, je veux te montrer à quoi sert vraiment cette pièce.

— Tu veux dire qu'elle ne sert pas que de roue de hamster pour humains ? rétorquai-je d'un ton sarcastique, même si je savais qu'il était désolé.

Je lui avais déjà pardonné, mais lui rappeler de temps en temps l'aidait à rester humble.

Il avait merveilleusement bien nettoyé ma salle de bain – d'ailleurs, elle n'avait jamais été aussi étincelante. C'était presque dommage que nous vivions désormais sur le *Valkyr* plutôt que dans mon petit cottage sur Terre. Pour l'instant, je continuais à payer mon loyer. Peut-être pourrions-nous y passer des vacances. Les Vikings prenaient bien des jours de congé, non ? J'allais devoir demander à Njal pour m'en assurer...

Mon compagnon ouvrit la porte et entra en premier. Il faisait toujours ça. Pour terrasser des ennemis en embuscade, ou quelque chose du genre. La pièce était exactement comme dans mes souvenirs. Toute blanche, sans fenêtre ni hublot. Le sol était spongieux, ce qui me donnait l'impression de faire des pas plus dynamiques.

La porte se referma derrière nous. L'espace d'un instant, cette vieille peur me fit frissonner de la tête aux pieds, mais une fois de plus, Njal était là. Il m'enlaça par derrière, en m'enserrant dans ses bras puissants et protecteurs.

— Lance le protocole de mémoire de Jörð, ordonna-t-il.

Les murs blancs disparurent. Nous nous tenions à présent sur une colline, un vent froid nous fouettait le visage, et le parfum iodé de la mer était si réel que j'avais un goût de sel sur la langue.

— Bienvenue sur Jörð, dit Njal à voix basse. Mon chez-moi.

Je m'éloignai de son étreinte, complètement sans voix. Je savais que nous étions toujours à bord du *Valkyr* ; je n'avais pas ressenti cette sensation de liquéfaction qui allait de pair avec la téléportation. C'était forcément une simulation, mais bon sang, ça semblait si réel ! On entendait le chant des oiseaux au loin, emporté par la brise marine. Le paysage autour de nous était escarpé mais sublime, avec ses fjords profonds qui fendaient les collines indigo comme autant de coups de couteau.

Oui, indigo. L'herbe était aussi bleue que mon compagnon. Peut-être était-ce pour cette raison que tous les Vikingar étaient bleus. Pour se fondre dans le paysage, que ce soit sur la terre ou en mer. L'océan à l'horizon était d'un turquoise paisible, comme dans les Caraïbes ou sur les îles Hébrides. Au loin, des voiliers volaient dans les airs. Des navires volants. Maintenant, j'avais vraiment tout vu.

— C'est magnifique, chuchotai-je, trop émue pour trouver des mots plus éloquents.

Aussi époustouflant que soit le paysage autour de nous, ça me rendait affreusement triste de savoir qu'il avait disparu. Ce n'était qu'un enregistrement. Un souvenir. La planète avait disparu et Njal ne pourrait jamais me la montrer en chair et en os.

— J'ai fait fabriquer tout ça pour aider mon équipage à surmonter la perte, expliqua Njal, d'une voix si empreinte de tristesse que je fis volte-face.

Son visage était celui d'un homme qui avait souffert plus que je ne pouvais l'imaginer. Je le serrai fort dans mes bras, pour partager son chagrin, lui montrer que j'étais là pour lui. Je savais qu'il ne pouvait pas montrer de signes de faiblesse devant son équipage, mais c'était différent avec moi.

Après un moment passé à simplement rester là, à nous étreindre en écoutant les oiseaux et les vagues, je demandai :

— Est-ce que ça les aide ?

— Certains, oui. D'autres préfèrent ne pas regarder en arrière. Je n'ai lancé cette simulation qu'une seule fois auparavant. Je n'ai pas pu le supporter longtemps. C'était encore trop frais. Mais je voulais que tu voies d'où je viens. Je n'ai plus de planète, plus de chez-moi, mais cet endroit m'a façonné. Il a fait de moi le Vikingr que je suis aujourd'hui.

Il poussa un grand soupir.

— Je vais nous trouver un nouveau chez-nous. Un bel endroit, ailleurs, où on sentira l'odeur de la mer. C'est ce qui me manque le plus. Ici, sur le vaisseau, ça sent toujours pareil. Le métal et les machines. La mer me manque.

— Je te montrerai les océans de la Terre, lui promis-je. Et je suis sûre qu'il y a beaucoup d'autres planètes magnifiques où on pourrait s'installer. Un jour ou l'autre. Après avoir aidé ton peuple à trouver des partenaires.

— Oui.

Il posa son menton sur ma tête, profitant de notre différence de taille.

— Oui, c'est ce qu'on va faire. Trouver notre chez-nous. Celui de notre famille.

Sa main glissa entre nous et toucha délicatement mon ventre. Je savais ce qu'il sous-entendait. C'était la seule raison pour laquelle ils avaient commencé à chercher des partenaires. Je savais que si je ne voulais vraiment pas d'enfants, il l'accepterait. Mais fort heureusement, c'était mon plus grand souhait. Je voulais fonder une famille avec lui. Nous nous étions rencontrés dans les plus étranges des circonstances, au gré de coïncidences si improbables que je comprenais pourquoi Njal pensait que ce n'était pas que la chance qui l'avait guidé. Nous nous étions trouvés contre toute attente. Et aujourd'hui, nous avions l'opportunité d'arranger les choses. Njal avait tout perdu, mais je pouvais lui offrir un nouveau départ. Après toutes ces morts, nous allions engendrer une nouvelle vie.

Je serrai sa main, l'appuyant ainsi contre mon ventre. Je levai les yeux vers lui, vers mon grand Viking bleu, et plissai les lèvres. Il sourit, toujours triste mais sur la voie de la guérison, puis il se pencha pour m'embrasser.

Tout irait bien. Ensemble, rien n'était impossible. Et nous allions commencer par donner la possibilité à d'autres Vikingar et d'autres humaines de trouver l'âme sœur.

C'est la fin de l'histoire de Steff et Njal, mais nous les retrouverons dans le prochain livre, Drengr.

Vous voulez voir à quoi ressemble Njal sans son pantacourt ? Jetez

un œil à cette image réservée aux adultes (et il y a même une page de coloriage) :
https://skyemackinnon.com/vikingsnsfw.html

NOTE DE L'AUTEURE

Chers lecteurs,

J'ai toujours su que je voulais terminer ce livre en revenant dans la salle de simulation, pour donner un aperçu de la planète détruite, mais je ne savais pas du tout comment j'allais arriver là. Je fais partie de ces écrivains qui ne planifient pas l'intrigue de leurs livres à l'avance. Je laisse l'histoire s'écrire toute seule, les personnages me raconter leur récit, et j'essaie de suivre le rythme. Ils aiment me surprendre constamment, comme c'est arrivé à maintes reprises au cours de cette histoire. Njal était bien plus sentimental que je l'avais imaginé, et Steff...

Bon, je dois vous avouer quelque chose. Steff était un personnage secondaire dans la trilogie *Les Highlanders du Starlight* que j'ai écrite l'année dernière. Je n'avais jamais vraiment pensé à elle. C'était juste quelqu'un qui travaillait pour l'agence Hot Tatties. Je ne la connaissais pas très bien. Quand j'ai commencé à écrire *Vikingr*, j'avais imaginé une héroïne différente pour Njal. Mais c'est alors que Steff est apparue avec ses yeux flamboyants, me faisant bien comprendre que Njal lui appartenait. Alors j'ai changé mes plans et j'ai appris à connaître Steff, ce personnage que j'avais failli ignorer. Désolée, Steff et Njal. Je sais aujourd'hui que vous étiez faits l'un pour l'autre.

Quoi qu'il en soit, cette série continue avec *Drengr* (l'histoire d'Errik) et *Berserkr* (l'histoire de Rune). Si vous voulez en savoir plus sur l'agence Hot Tatties et comment elles en sont arrivées à collaborer avec les Albyens, lisez *Thorrn*, le premier livre de la série *Les Highlanders du Starlight*. Vous y rencontrerez Pam et Steff, ainsi que certains personnages vaguement mentionnés dans *Vikingr*.

J'espère vous retrouver dans le prochain livre !

Skye

L'AGENCE DE RENCONTRES INTERGALACTIQUES

Vous cherchez un amour hors du commun, et même venu d'un autre monde ? Ces extraterrestres forts, intelligents et sexy sont partis de la Voie lactée pour trouver des compagnes. Embarquez simplement avec votre antenne locale de l'Agence de rencontres intergalactiques ! Rejoignez un équipage de merveilleux auteurs de romances SF pendant que nous explorons les cieux accueillants et au-delà, avec des trilogies de désir cosmique, d'aventure astrale et d'amants mystiques. Avertissement : des enlèvements seront peut-être (ou pas) au rendez-vous !

Venez vivre plus d'action avec des aliens bien foutus par ici :

https://romancingthealien.com/

À PROPOS DE L'AUTEURE

Skye MacKinnon est auteure de best-sellers. Ses livres racontent l'histoire d'héroïnes qui n'ont pas d'autre choix que de s'impliquer.

Elle revendique avec fierté son héritage écossais, utilisant les fantastiques décors de son pays et une pointe de mythologie, que ce soit pour parler de dieux celtes, de chats métamorphes ou des rues d'Édimbourg.

Lorsqu'elle ne se trouve pas dans son café préféré pour écrire ses livres, Skye adore la mangue séchée, ainsi que les thés exotiques, dont elle a rempli son placard jusqu'à ce qu'il n'en rentre plus aucun sachet. Ce qu'elle aime par-dessus tout, c'est être recouverte des poils de son chat démoniaque.

skyemackinnon.com/francais

Newsletter :
skyemackinnon.com/newsletter-francais

DU MÊME AUTEUR

Les Highlanders du Starlight

Thorrn

Eron

Cyle

Les Vikings du Starlight

Vikingr

Drengr

Berserkr

Les Assassins à moustaches

Chat perché

Chat glacé

Attrape-chat

Chat échaudé

Langue au chat

Chat et souris

Chat fâché

L'Arbre à chat de Noël

Les Assassins à moustaches : tomes 1 à 4

Les Assassins à moustaches : tomes 5 à 7

Les Assassins à moustaches : tomes 1 à 7

Fille de l'hiver

La Princess de l'hiver

L'Héritière de l'hiver

La Reine de l'hiver

La Déesse de l'Hiver